READING EDGAR ALLAN POE IN AN ERA OF NARRATIVE AND DIALOGUE

ナラティヴとダイアローグの時代に読むポー

辻 和彦
山本智子
中山悟視
[編著]

目次

【凡例】

・引用文献のページ数は（　　）内に日本語文献は漢数字で、外国語文献はアラビア数字で示した。

・註や引用・参考文献等は各章末にまとめた。

はじめに――ポリフォニーへの扉

各国文学、心理学、教育思想研究、ジェンダー学などの専門家が、いまあらためてエドガー・アラン・ポー（Edgar Allan Poe, 1809-1849）の作品を読めば、そこに「多様性の時代」への新しいヒントが見いだされるのではないか。そしてそれは、ジェネレーションZやジェネレーションαに新しい「文学の読み方」を提起する作業に繋がるのではないか。本書の構想は、そのようなところから始まった。各執筆者には原則として、ポー作品一つ以上を選んでいただき、各領域の見識を活かしつつ、その作品を中心にポー文学への新しいアプローチを論考していただいた次第である。

北九州市立松本清張記念館により「E・A・ポーと松本清張」（二〇一九年一一月一五日～二〇二〇年三月一日）と題した特別展示が開催されたが、編者の辻はこのプロジェクトの協力者として、情報提供などをおこなった。その際に記念館学芸員の柳原暁子氏と情報交換し合い、それまで自分が理解していなかったさまざまなポーの新しい側面に気づかされた。日本においては江戸川乱歩（一八九四―一九六五）、そして松本清張（一九〇九―一九九二）といった推理小説家たちがポーの強い影響下にあったが、これは至極もっともなことであり、ポーは世界で初めて推理小説を書いたとされる作家である。またホラー小説やSF小説といったジャンルにおいても「源流」とみなされる作家の一人であり、日本の近代・現代小説の領域においてポーの直接的・間接的影響をまったく受けていない作家こそ、むしろ希少である。先の特別展示がおこなわれたこと自体が、それを何よりも示しているが、ポーはまさに現代においても、創作の世界において「原点」であり、二〇二〇年代においても大きな影響力を及ぼす台風の目であることは間違いない。本書の出版意義の一つは、まさにそのような、この作家を外部から見た際の新しい側面をいち早く発掘し、日本においてそれを広く知らしめることにある。一人の作家の再評価作業は、現代社会における「文学」そのものの再定義にも繋がると考えられ、それが本書の最終的な狙いでもある。

日本でのポー文学への関心は、二一世紀に入っても止むことがなく、二〇〇〇年代に出版された翻訳の数だけでも、かなりに上る。角川文庫の『ポー傑作選』1・2や、中公文庫のシリーズの一部は、ここ数年出版されたものであるが、いずれも以前に翻訳が世に出た作品の再翻訳が中心であり、かつての東京創元社の『ポオ全集』などによって、すでにポー作品を日本語に置き換えるという作業は、二〇世紀後半までに一応完結しているのである。それでも近年に再び日本語に翻訳され直されている理由は、「今まさに、この日本においてポー文学が求められている」からに他ならない。

ポーの作品は、幾つかの中編を除き、すべて短編小説、詩、エッセイである。これは生前のポーがつねに窮乏し、手元に掲載料というかたちですぐに現金が届く、雑誌掲載のかたちを好き好んだからである。数年かけて一冊の長編小説を執筆し、出版して評価を得て、文壇の栄誉となるような道は、ポーにはそもそも選択肢として存在しなかった。また同時に、雑誌編集者として仕事を続けたポーは、それが最もその時代に求められる文学のスタイルであることを理解していた。一九世紀には欧米各国では、それまで類を見なかった巨大な規模のメトロポリスが誕生し、その結果として都市中心部へ「通勤する人々」が大量に出現した。「本」は依然として、暖炉の前に座り、パイプを嗜みながら、ゆったりと夜半の時刻を愉しむ紳士たちのものであったかもしれないが、「雑誌」はこれら「通勤者」のような、時間にも金銭にも大きなゆとりがなく、短時間で安価に余暇の時間を快適に過ごしたい、新しい都市生活者のものであった。ポー文学へのこうした時代的背景については、編者の辻も執筆陣に加わった八木敏雄、巽孝之編『エドガー・アラン・ポーの世紀――生誕二〇〇周年記念必携』(研究社、二〇〇九)や、野口啓子、山口ヨシ子編『ポーと雑誌文学――マガジニストのアメリカ』(彩流社、二〇〇一)などが詳しいところである。

こうしたポー文学のエッセンスは、都市化、貧富の格差、社会階層の断絶、情報の高速化、こころの病の増大、自己アイデンティティへの困惑、環境問題の深まりなどが止めようもなく深刻化する現代社会において、むしろ彼の生前よりも、理解が進む可能性がある。ポー文学には、いずれの問題も先取りしている要素があり、推理小説、ホラー小説、ＳＦ小説といったジャンルそのものの先駆者であるポーは、主題や題材そのものにおいても、その扱いが新しかったからである。

本書の執筆者は、各国文学研究と、広義の心理学研究、及びその隣接領域の専門家たちである。編者である中山と辻を除くと、いずれも英語圏文学を専門とせず、またポー文学のみを究めてきたわけでもない。したがって、従来の研究や批評とはまったく異なった視点から、領域横断的にポー文学の新しい側面に迫ることができるのである。またこうした「異なる声」は、ポリフォニーとして複合的に新しい作用をもたらし、その読者に次々と「異なるポー文学像」や、従来とは異なるオルタナティヴ・ナラティヴをもたらすのではないだろうか。

イタリア文学、仏文学、独文学、中国文学などの研究者たちにとって、ポーが影響を受けた文学、ポーが影響を与えた文学／文化は、どのように映るのであろうか。少なくとも、アメリカ文学やイギリス文学といった狭い国籍に囚われた視点では、なかなか見いだせないインスピレーションの源泉が、そこに示されるのは間違いない。

また広義の心理学研究の視点は、かつてのマリー・ボナパルト（Marie Bonaparte, 1882-1962）の『エドガー・アラン・ポーの生涯と作品――精神分析的研究』（*Edgar Poe; Eine Psychoanalytische Studie*, 1934）によりジークムント・フロイト（Sigmund Freud, 1856-1939）的解釈がその頂点をもたらして以来、久しくポー文学研究において、その中心に咲かなかったという経緯がある。カール・グスタフ・ユング（Carl Gustav Jung, 1875-1961）的視点の本格導入などにより、心理学がポー文学にもたらす新しい解釈の可能性は、まだ見極められるものではない。

以上のように、現代においても注目されるエドガー・アラン・ポー文学の新しい側面を、各国文学並びに他領域の専門家たちが照射するという企画は、本邦においてこれまでなかったものであり、さまざまな研究領域を超えて、新しい風となりうるのではないか。編者としては、そのように考える次第である。

なお「ナラティヴ」と「ダイアローグ」は近年、臨床心理学の場でも注目の概念となってきた。たとえば戦争、公害、虐待などにより苦しむ人々に寄り添い、その癒やしと再生を手助けするためには、関係者全員が一つの「ナラティヴ」を確立／共有し、援助者と被援助者が地道な「ダイアローグ」を繰り返していくしかない。

一方で文学研究の場でも早くから、ミハイル・バフチン（Mikhail Bakhtin, 1895-1975）などによって「ダイアローグ」や「ポリフォニー」の重要性が説かれ、「ナラティヴ」の共有性の重要性を意識した「ナラトロジー」が登場するに至った。このように概観すると、心理学と文学が、現代において共に重要視する概念として真っ先に挙げるべきものとして妥当な例が、「ナラティヴ」と「ダイアローグ」であるとも言えるだろう。本書では、ポー文学の多様性を解析するために、まさに共有されるべき「ナラティヴ」の確立と「ダイアローグ」の成立を試行することを目指した次第である。

この後に続く序章では、編者の一人であり、日本におけるカート・ヴォネガット（Kurt Vonnegut, 1922-2007）研究を精力的に推進している中山悟視と辻が対談し、ここまで記したことを確認しつつ、ポー文学の二〇世紀文学への影響力や、現代社会におけるその重要性を再確認し、「これから私たちがどこに向かうのか」について話し合った。

第一章では、ドイツ文学者の磯崎康太郎が、「アッシャー家の崩壊」（"The Fall of the House of Usher," 1839）などに注目することにより、エルンスト・テオドール・アマデウス・ホフマン（Ernst Theodor Amadeus Hoffmann, 1776-1822）文学が、ポーの小説とどのような点において類似性があり、どのような次元において異なるのか、ミシェル・フーコー（Michel Foucault, 1926-1984）のパノプティコンの概念を論拠としながら、精度の高い議論を繰り広げられた。

続く第二章で、イタリア文学を専門とされる霜田洋祐は、アレッサンドロ・マンゾーニ（Alessandro Manzoni, 1785-1873）の『婚約者』（*I promessi sposi*, 1825-1827）が、ポーの「赤死病の仮面」（"The Masque of the Red Death," 1842）などに影響を及ぼしたのか、及ぼしたとすればどのような箇所なのかという問題について、丹念かつ丁寧な議論を展開された。

第三章において、フランス文学専門家の有馬麻理亜は、アンドレ・ブルトン（André Breton, 1896-1966）がポール・ヴァレリー（Ambroise Paul Toussaint Jules Valéry, 1871-1945）のポー受容などを乗り越え、いかにしてポー文学をフランスにおいて「更新」したのかについて、「不条理の天使」(“The Angel of the Odd,” 1844) などに言及しつつ、緻密な論陣を張られた。

第四章では、中国現代文学の専門家である高橋俊が、「メッツェンガーシュタイン」(“Metzengerstein,” 1832) などを軸とし、文学における「再現性」と、そこから見える今後の文学研究の可能性を明快に論じた。

第五章においては、「ウィリアム・ウィルソン」(“William Wilson,” 1840) を軸に、ジェンダー学の領域で新進気鋭の存在として注目を集める町田奈緒士と辻が対談することにより、人格やアイデンティティの「統合」という主題について掘り下げ、この問題の新しい側面に光を投げかけようと試みた。

第六章での辻とのインタビューにおいて、教育思想研究家の光田尚美は、「黒猫」(“The Black Cat,” 1843) のなかに、あらためて「近代」が映し出されるプロセスを明晰に論じ、そこから浮上する「教育と文学の狭間」に焦点を当てられた。

第七章においては、編者の一人であり、発達心理学を専門とし、ユング心理学理論に関心がある山本智子と辻が対談し、「ランダーの別荘」(“Landor's Cottage,” 1849) のなかに、晩年のポーが志向していたとも考えられる「根源的自己」への回帰をどのように見いだせるのか、という主題の解明に挑戦した。

最終章では、「壜のなかの手記」(“MS. Found in a Bottle,” 1833) において、ポーが英語圏文学のなかでも先駆的に描いた津波描写を辿りながら、彼の文学のエッセンスが元来「枠組」の外部を志向するものであること、またその方向性に沿ったかたちで、現代社会においても、ポー文学の土壌の上に、「ダイアローグ」を重ねつつ、新たな「ナラティヴ」を構築していくことの重要性を、辻が論じた。

本書の書式については、編者の中山と辻が執筆、対談した箇所については、概ねMLAスタイル九版に沿ったかたちとなっているが、それ以外の箇所については、各執筆者にお任せするかたちとなっており、それぞれの末尾に準拠した書式を明示していただいている。また初出重要語句などについては、なるべく章における初出時に原語表記などを表示するようにしたが、本書は章の独立性が強い性格を持つということもあり、必ずしも本全体で統一化されていないことは、お断りしておきたい。同様に文学作品などの表記についても、あえて本全体での統一化を図らないように心がけた。

読者のみなさまにおかれては、縦横無尽に自由に本書を愉しんでいただきたいと思うが、同時に、個別の議論のいずれかに関心をもっていただき、そこからさらなる異なる宇宙＝学術領域に翔んでいただければ、これに勝る喜びはない。

二〇二三年三月三一日

編者を代表して
辻　和彦

序章

【対談】ポーとヴォネガット

私たちはどこに向かうのか?

中山悟視×辻和彦

時代が揺れている。あらゆる価値観が再度検討し直され、情報の混乱のなかで人々は喘ぎ、次の時代の社会の下絵はまだ見えてこない。そんな揺れ動く時代のなかで、やはり指針が定まらないかのように揺れているのが、文学研究だ。

カート・ヴォネガット（Kurt Vonnegut, 1922-2007）研究を専門とする中山悟視とエドガー・アラン・ポーを研究してきた辻が対談し、ポーとヴォネガットを繋ぐ糸を再検討・再確認し合いつつ、「私たちがこれから向かうべき方向」について語り合った。

辻　いきなりすごく大きなテーマで申し訳ないのですが、文学や文学研究ってこれからどうなると思われますか？

中山　どうなるんだろう……。とりあえずCovid-19は脇に置いて、単純に二一世紀を二十数年過ぎたというレベルで考えてみると、よくお話しするのが、「身に付きやすいものは、失くしやすい」ということはありますね。「実学」と言われるものにはそういう側面があるかと。文学みたいな時間をかけて吟味するようなものは、長く残るものだと思います。ハウツーもののような、単発の事象にどうやって取り組むかではなく、総合的な問題の立て方や、解決の仕方をひとつひとつ考えていく力を身に付ける上で、文学作品や物語を読むという行為には、すごく強いものがあると考えています。それはなくなったらまずいものだし、なくならないとは思っているのですが。

一方で、最近テクノロジー的な問題として不安を感じるのは、我々の身の回りの環境があまりに便利になりすぎていること。YouTubeやTikTokなどからは、単発かつ短時間で情報を得られるわけですが、映画なども「時短」で見られるような流れがありますね。倍速や三倍速などを用いて。「タイパ」なんて言葉まで浸透してきている。

文学作品は、じっくり、立ち止まりつつ、繰り返し読んだりすることが前提になりますよね。小説だったり、あるいは映画もそうかもしれませんが、「間」がある芸術じゃないですか。その「間」がすごく省かれて受容されていくということであるならば、それはすごく怖いことだと感じます。

一番「時短」が難しい分野だと思うんですね。いくら速読力があっても、文学を「研究」するとなると、やはり「吟味」する必要がある。「読み捨て」ではないにせよ、情報収集のためだけにざくっと「消費」していくスタイルが、エンターテイメントやメディアにすごく入り込んでいるわけです。「間」や「情緒」みたいな感情を動かすことに対する欲求というのが減っていってしまったら、それこそ文学を学ぶ意味も、教える意味も、すごく難しくなっていくのかなと思っています。そこはすごく不安で、そういうものが消えるわけはないと思いつつ、危惧する気持ちは最近徐々に高まってきてはいますね。

辻　中山先生のように二〇世紀の作家を専門とされる方は、一九世紀以前の文学の研究者とは、また考え方が違うのかなとも思ったのですが。つまりヴォネガットのように「現役の読者」がまだ存在する作家の研究者と、ポーのように「古典」として発掘するという読まれ方が主になった作家の研究者だと、読者層の変化についての考え方もまた異なるかと思っていましたが、現状への危機意識の点では、どうやら大差なさそうですね。

中山　活字をじっくり読むというスタイルについて危ぶんでいる、という点では変わりないのではないでしょうか。現代作品でも、古典作品でも、同様に危ういのではないかと。

辻　メディアで物事を解説する「文化人」や「識者」たちがあれほど時代に求められているのは、何でも「簡潔に」、一見「分かりやすく」解説してくれる人間が必要だから、ということになるのでしょうか。おっしゃるとおり、原点に戻ってじっくり考える、自分一人でゆっくり考え抜く、というような行為は、敬遠されているわけではないにせよ、手段として徐々になくなりつつあるのかな、と思ったりします。

中山　すごくそんな気がしているんですね。このようなことは、ずっといわれてはいますし、答えがない問いではありますね。
　ただ、昔からいわれていたような、単純なものでは、もはやなくなってきている気もするのです。危機感というより、個人的な「恐怖感」とあえて表現したいところではあります。

辻　恐怖感？

中山　物語には「間」があってだとか、感情の起伏があってだとか、そういう話自体が、もはや伝わらなくなるのではという恐怖です。そういう不安すらあるわけです。

辻　それは確かにそうかもしれない。学生にこちらの世界を紹介するのに、だんだん距離感を感じていて、すごく説明に労力がいるようになってきています。それは諸先輩方が経験されてきたのと同様に、年齢のせいなのかなと思っていたのですが、それだけではないのかもしれないです。

中山　ほんとうにそうです。当然僕たちは年齢のことは気にしますよね。でも「今の若い人は……」といった類のことではないように思います。

それこそ文学作品なんて読まない僕たちの世代の方々や、それより上の方々もいるわけじゃないですか。その人たちも、若い人たちの情報の入手の仕方を嬉々として取り入れているわけですから。それでよしと思っているわけですよね。年齢の問題ではなくて、やはり「便利」であることが最重要視されているというところが問題です。情報がたくさんあって、それを処理する時間は少なくて……というなかで、それらを何とか吸収していこうと思ったときに、「間」は余計なものだし、「回り道」はいらないし、ほんとうにストレートにぽんとバイパス道路を走りたいということになるのでしょうね。

辻　「それでも残るもの」として、あるいは「それでも残って欲しい」という希望を胸に抱いて、話を紡いでいくとしますと、ちょっと見てほしい記事があるんですよ。

ニューヨークのブルックリンの地元メディア『ブルックリン・ペーパー』なのですが、地域の女性がコンポスト容器にカート・ヴォネガットの似顔絵を描いたというニュースです（Kuntzman）。女性は次には、エドガー・アラン・ポーを描いた容器を準備していると語っています。この複雑な時代に、「アイコン」というのは案外長生きしていくものだなあと思って、素直に感動してしまいました。

私が関わったもう一人の作家マーク・トウェイン（Mark Twain, 1835-1910）なのですが、おそらくは現代の多くのアメリカ人は、学校以外では、彼の原典に実際に触れることも、かなり少なくなっていると思います。ところがネット上では「トウェインいわく……」みたいな格言もどきが、どんどん増殖しているんですね。実際には、トウェインが述べていない言葉の方が多いようなのですが。

例の晩年の頃の、白髪のボサボサ頭のトウェインの姿は、時にカリカチュアされて、延々とネットのなかで再生産されているんですよ。もしかしてヴォネガットもそうなっていくのかな、と想像したりします。あの独特のクルクル髪の彼の姿が、コンポスト容器だとか、そういう日常を彩る風景のなかで、「アメリカン・アイコン」、もしくは「アンチ・アメリカン・アイコン」の一つとして再生産されていくこともありうるのではないかって思うんです。

中山　なるほどね。そういえば一九九七年に『シカゴ・トリビューン』のメアリー・シュミーク（Mary Schmich）という人が書いたコラムがあって、それがヴォネガットがMITの卒業式でおこなったスピーチだ、ということが都市伝説のように広がったことがあったんですね。いかにもヴォネガットが言いそうだってことで。さらにその内容に基づいてバズ・ラーマン（Baz Luhrmann）が曲まで作ってしまったという。

また、ヴォネガットの死後になりますが、彼の生誕の地であるインディアナポリスでは、とあるビルの側面に、彼の全身の壁画が描かれたりしています。インディアナポリスという街は、ヴォネガットという作家を大切にしているんだなと思っていました。そういうものから発信されて、拡散されて、たとえばインスタグラムなどで「ヴォネガット」が増殖していく可能性もあるかもしれないですね。

他にも、『スローターハウス5』（*Slaughterhouse-Five, or, The Children's Crusade: A Duty-Dance with Death*, 1969）に登場する「トラルファマドール星人」の姿、つまり、トイレのプランジャーの柄に手が付いていて、その真ん中に目が付いているというような姿のイラストが、わりにネットの中で出回っていますね。あれは間違いなく『スローターハウス5』発の文化事象です。あの「トラルファマドール星人」は、ヴォネガットの顔姿と並んで、アイコン化していくものでしょうね。

辻　アイコン化する作家と、そうでない作家がありますね。その差っていうのもよく分からないのですが。もしかするとやっぱり、完全に大衆文学でもないけど、すごく一般大衆に近いところにある、というような要素が関係しているのでしょうか。

中山　それはあるでしょうね。僕がアメリカ人と出会って、「ヴォネガットを研究している」というと、専門の研究家ではない、一般の方々の方がむしろ「私も大好きだ」みたいな反応があるんですよ。一般大衆に近い作家であることは間違いないと思います。

学生引率でオーストラリアを訪れた際にも、来訪先の大学などで「ヴォネガットを知っているか？」と尋ねてまわったんです。オーストラリアでどれくらい読まれているのだろうということに、単純に興味があったもので。大学付属の語学学校では、名前を言ってもピンときていない人たちもいましたが、「もちろん知っているよ。オーストラリアの本屋にも置いているし、オーストラリア人もよく読むよ」と教えてくれた人がいました。『青ひげ』（*Bluebeard, the Autobiography of Rabo Karabekian* (1916–1988), 1987）が読みかけだとも言っていましたね。

やはりアメリカとは様相が異なるのは確かですが、オーストラリアでも読まれているのは確実に間違いなく、「外国」の一般の人々に読まれているということは、「大衆性」が強いということなのだろうと思います。オーストラリアでの受容については、まだまだ調査途中ではあるのですが、日本においても「ちゃんと読まれているか」という点は怪しいにせよ（笑）、早川書房がきちんと翻訳してくれているおかげで、「身近な作家」であるというのは確かでしょう。トウェインもそうですが、顔の作りやヒゲなどが親近感をもたせるところもあるかもしれませんね。そのへんもアイコン化の一因ではあるのかなと。たとえばJ・D・サリンジャー（Jerome David Salinger, 1919-2010）はヴォネガットと同じくらい一頃は読まれた作家であるのですが、本人がそういうことを嫌うタイプだったこともあってか、微塵もアイコン化する気配はありませんね。

中山　トマス・ピンチョン（Thomas Pynchon, 1937-）はヴォネガットと同じく、サイエンス・フィクション（SF）的な手法を用いて成功した作家ですが、一般大衆が読んでいるというイメージはなく、やはりアイコン化の前兆はないですね。

辻　僕がヴォネガットの研究を始めた頃は、「一般の人が読むものだから、研究対象に適さないのでは」みたいな言われ方をされたこともありました。二、三〇年前だとそんなものでしたね。

中山　そういう風潮はありました。

辻　今だとそういう垣根は低くなってきているとは思います。大衆にも受けて、なおかつ、批評にも耐えうる、そういう難しいところに位置することができる作家たちだと、今後もアイコン化が進んで、細々とではありながらも、文学研究を永らえさせる、そういう材料であり続けるかもしれませんね。

辻　エドガー・アラン・ポーという作家は、短編小説が商業化され、ジャンルとして確立された過程の立役者だというような言われ方をされることがあって、このへんの議論はまだまだこれから進んでいくことではあると思うのですが、少なくとも短編小説という手法を使って、文学の大衆化に貢献した作家であることは間違いないと考えられます。そうした潮流の下流にヴォネガットを位置させようという研究者もいて、たとえばロバート・タリー（Robert T. Tally Jr.）は、ポー文学のエッセンスを主流なものへの「転覆」（subversion）だと指摘しており、その系譜にヴォネガットが連なると考えているようです。

どこかしら主流ではない部分を持ち合わせ、必ずしも常に正典化されず、そうでありながら同時に批評に十分耐えうるというような、微妙なバランスで辛うじて立っているという点で、ヴォネガットはトウェインと明らかに似ていますし、もしかするとポーとも似ているのかもしれません。ポーも少なくても生きている間は、紛れもなく大衆作家だったわけですから。

中山　なるほど。ロバート・タリーはヴォネガット論も書いていて、幅広い批評家ですね。彼のポー論の副題にある「風刺」という言葉で思い出しましたが、ヴォネガットとポーは「ユーモア」という点で着眼してみてもよいかもしれませんね。ポーとヴォネガットの間に、いったんトウェインを立たせて繋いでみたときに、「ユーモア」という共通軸が見えてくるわけです。また「ユーモア」を持ち出すことによって、先ほどの「転覆」という概念も繋がって見えてきますね。

辻　確かにそうです。

中山　ヴォネガットで言うと、「体制側を笑い飛ばす」という「ユーモア」でもあり、またその「ユーモア」がメインストリームを多少なりとも脅かすという側面もあります。深刻なものを覆すような力を持っている部分であるはずなんですね。

ポーが「闇い笑い」の系譜にあるのならば、逆に何がこの二人を隔てているのか、そこも気になりますね。ポーにはヴォネガットにはない「闇さ」があるようにも思います。時代的にも間にいるトウェインには、「怖い笑い」みたいなものはあったのでしょうか。

辻　ずばりそのままの名前である「幽霊の話」（"A Ghost Story," 1870）などもありますが、まったく怖くないですね（笑）。怖さを狙っているフシもないんです。あえて言うと、『ハックルベリー・フィンの冒険』（*Adventures of Huckleberry Finn*, 1885）のなかの難破船のシーンなどが、辛うじて怖い、という程度なのかもしれません。もちろん読み方によって、異なってくる部分でしょうが。

中山　作家が怖がりだと、書いたものにも怖いものが少なくなる、というところはあるのかもしれないですね（笑）。

辻　そうかもしれません。でも確かに、ポーにはヴォネガットにはない「闇さ」がある、というご指摘はごもっともである気がします。

一方で「グロテスクな笑い」という点については、ヴォネガットとポーの双方に見られるものではないでしょうか。

中山　『プレイヤー・ピアノ』(*Player Piano*, 1952)の冒頭では、黒猫が無残な死に方をしますね。『猫のゆりかご』(*Cat's Cradle*, 1963)では、一匹の猫が殺され、その死骸の首には「にゃあ」と書かれた札がかけられています。グロテスクの極みかもしれません。猫が好きな人は嫌な思いをするでしょうね。

辻　そういうのは、まさにポーが大好きだった「笑い」ですね。「使いきった男」("The Man That Was Used Up," 1839)では、ネイティヴ・アメリカンとの闘いにおいて、頭と胴体以外のほぼ全身を失くした軍人が、テクノロジーによって「アンドロイド」化する「闇い笑い」を描いていますし、「ペスト王」("King Pest," 1835)では、感染病により無人化した、ロンドンの或るエリアに現れた酔客たちが、ブラック・ジョーク的にひどい目に遭うことになります。「『ブラックウッド』誌流の作品の書き方」("How to Write a Blackwood Article," 1838)とその続編の「苦境」("A Predicament," 1838)では、『ブラックウッド』誌を皮肉るために、主人公が最後に自分の「首」までなくしてしまうという喜悲劇を描き、「タール博士とフェザー教授の療法」("The System of Doctor Tarr and Professor Fether," 1845)では、患者たちに乗っ取られてしまい、「支配関係」が逆転した精神科病院でのどたばた騒ぎが進行します。ホラー作家として強調され過ぎるきらいがあるポーですが、実際にはこの手の「笑い話」をたくさん書いている作家でもあるので、例をいちいち挙げると、かなりのリストになるかもしれません。いずれも「闇い笑い／グロテスクな笑い」の傾向が強い、と言えるのではないでしょうか。このあたりとはヴォネガットの「笑い」との共通点であるように思います。

もう少し大きな枠組みでの類似点を探すとすると、サイエンス・フィクション（ＳＦ）はポーとジュール・ヴェルヌ（Jules Verne, 1828-1905）が産み出した、というような言われ方がされて久しいのですが、そうであるならば、少なくても初期の作品はＳＦ的傾向が強かったヴォネガットは、やはりその流れにあるのだろうとは思います。ただ後期作品の展開を見ると、ヴォネガットという作家は、総合的に必ずしもＳＦという言葉の枠に収まるわけではないかもしれませんが、このあたりはどのようにお考えでしょうか。

中山　本人がどうもその枠に入れられるのを好んでいなかったんですね。ＳＦ作家といわれると格が下がるように感じていたようです。もっとも現代の現実がＳＦになっているわけであり、高度なテクノロジーが当たり前になっている世界で、テクノロジーについて書かないわけにはいかない、という面はあったことは本人が指摘しています。こういう状況のなかで、自分が極度にＳＦの枠に押し込まれるのはおかしい、と考えたのでしょう。

とはいえ、扱いの低さについては気にしていたはずで、最初の売れなかった時期から、少しずつ商業作家として食っていくことができるようになる過程で、SF作家というのは、おそらく邪魔なレッテルだったはずです。

また宇宙空間だとか、ロボットの精緻な描写であるとか、電脳空間であるとかに、関心がなかったことは間違いないですね。そういうことを書きたい作家ではなく、テクノロジーに人間がどのように働きかけるか、あるいは、人間はどのようにテクノロジーによって侵されてしまうか、といった主題に関心があったわけです。見えない力、より大きな力、あるいは、人間の力が及ばないレベルの表象として、宇宙が出てくるわけですし。

ただ、SFを読むのが好きだったことも間違いないでしょう。『フランケンシュタイン』(*Frankenstein; or, The Modern Prometheus*, 1818) であるとか、ポーであったり、ヴェルヌであったり、あるいはH・G・ウェルズ (H. G. Wells, 1866-1946) などの影響というのは、間違いなく色濃いものだと思います。

辻 しかしながら、ポーから影響を受けたということを、あまり明言しないところはありますね。

SFの伝統の繋がりは、確実にあるとは思うのですが。

むしろポーから影響を受けたことを誇らしげに語っていたレイ・ブラッドベリ (Ray Bradbury, 1920-2012) や、ハワード・フィリップス・ラヴクラフト (Howard Phillips Lovecraft, 1890-1937) とは、そのあたりはまったく異なりますね。

中山 ブラッドベリ、ラヴクラフト、そしてヴォネガットは、一般的な読者層のなかでは並べて考えられる風潮がありますし、隣り合っているかのようなイメージもあります。ただヴォネガット本人は、ポー側とトウェイン側に分かれる文学伝統があるとすると、自分はトウェイン側にいるという認識だったのでしょう。笑いを求めるのか、恐怖を求めるのか。そういう単純な違いだとも言い切れないところもあるでしょう。ラヴクラフトに関していえば、僕のゼミの学生の一人がTwitterでヴォネガットとラヴクラフトが似てるって投稿を見つけたんです。その学生はそのことについて卒論で考察してみようとしているんです。これまであまりきちんと検討されていないので、僕も楽しみにしているんです。

短編の話に戻りますが、時代の要請としても、ヴォネガットの生きる道としても、雑誌に短編を掲載して生計を立てていた時期があったというところは重要です。五〇年代頃になりますかね。短編を書くという行為そのものは、ポーなどを参考にしていた可能性は、非常に高いと思います。そのあたりはロバート・タリーの考え方がたいへん参考になります。

書き方として、短いセンテンスを繋いでいくというスタイルは、ヴォネガットがよく採用していたものですが、ユーモアという点では参考例として出てくるのもやはりトウェインなんですよね。

辻 ブラック・ユーモアや「闇い笑い」がポーからヴォネガットに流れている、ということは感じられるように思いますが、ヴォネガット本人の発言にはそういったことが全然現れないということですか。このあたりはなかなかおもしろいですね。

一方で、ポーにはまったくなくて、ヴォネガットにはあるものを考えると、やはり「時間」や「時間軸」の扱い方ということになるでしょうか。「時間」が物理的な距離と同じく、人間の支配の対象となる考え方や、「時間」が相対的なものであるという考え方は、やはりアルバート・アインシュタイン（Albert Einstein, 1879-1955）の相対性理論登場以後に本格的に普及したと考えるべきでしょうが、少なくともポーの作品には時系列を巧みに操ったり、入れ替えたりするというものはないですね。同じ一九世紀でも、やや後に生まれたトウェインの作品にはそういうものはあって、タイムトラベルもののはしりの一つともいわれる『アーサー王宮廷のコネチカット・ヤンキー』（*A Connecticut Yankee in King Arthur's Court*, 1889）がそれにあたるでしょう。また『細菌の中で三千年』（*Three Thousand Years Among the Microbes*, 生前未出版、一九〇五年に執筆）では、細菌の世界の時間が、人間界とは相対的に異なることが描かれていますね。

ベタでお叱りを受けそうですが、ヴォネガットの作品の中で、私が一番素直に感動してしまうのは、『母なる夜』（*Mother Night*, 1961）なんです。涙腺にダイレクトに働きかける小説だと思います。しかしながら『タイムクエイク』（*Timequake*, 1997）を読んだときに、批評的に、現代小説として優れていると判断するべきなのは、こちらの方なのかなと感じました。時系列を自由自在に操っていくその語りは、一九世紀的な時間の支配から完全に解放されているようで、大きな魅力を感じました。

中山　『母なる夜』もそうですが、『スローターハウス5』以前の作品には、そういうものはないのですよ。『スローターハウス5』で、時間軸の操り方が作品の流れとぴたりと一致するような巧みさを見せるようになったのだと思います。それまではさほど、語り手への意識などが強いわけではないですね。換言すると、わりとオーソドックスなストーリー展開だったといえるでしょう。『母なる夜』の、一人の語り手の回想記を軸に置くという形式は、後々ヴォネガットの作風として定着するにせよ、プロットの進行自体に、後の自由な時間操作は見いだせないですね。もちろん二重スパイの告白が話の中心なので、複雑であることは間違いないですが。

そういうことは別としても、『母なる夜』はよい作品ですね。

辻　古典的な作品として、というと誤解を受けるかもしれませんが、すごくよい作品ですよね。誰でも泣けるんじゃないか、とさえ思うんですけど。

中山　そう考えると、あの作品にも怖いところはあるのかもしれないです。ヴォネガットの初期の作品としての「怖さ」みたいなものを備えた作品であると思います。二〇世紀の戦争小説でもありますので、ポー的な要素が濃いというわけではないかもしれませんが、とはいえ、ポーの「怖さ」と近似している部分が『母なる夜』にはあるのかもしれません。

辻　『スローターハウス5』でメジャー作家になる前には、そういう要素があったけど、成功してからは、消えてしまったと考えるべきでしょうか。

中山　可能性はありますね。『猫のゆりかご』や、『ローズウォーターさん、あなたに神のお恵みを』(*God Bless You, Mr. Rosewater, or Pearls Before Swine*, 1965)もそうなんですが、明るめではあるものの、ちょっとダークな部分が見え隠れするのは、『スローターハウス5』以前の作品の特徴であるのかもしれません。『ローズウォーターさん』に至っては、狂気の自分と正気の自分が分裂している話なので、単純に怖い話ですよね。同じ部屋の中で、こっちの電話に出た時の対応と、あっちの電話に出た時の対応が、まったく違うわけですから。笑えるんだけど、すごく怖いですね。『ローズウォーターさん』あたりまでは、笑いを誘いつつも、どこかしら「闇い」部分がある作風だったのでしょうね。ヴォネガットの読者は、圧倒的に初期作品から読んできた方々が多いんですが。

辻　そうなんですか。

中山　そうなんです。『スローターハウス5』までにすでに読者であったか、『スローターハウス5』が売れた頃に過去の作品も含めて読み始めた読者であるか、そういう方々が多いです。だからそこまでで、すでに作家の印象が固定しているわけです。

辻　なるほど。

中山　諏訪部浩一も自著で指摘されていますが、ヴォネガットの後期作品には、リアリズムの作家としての可能性が見出せるわけです。しかしながら『タイムクエイク』は別扱いとするしかないですけどね。

ともあれ、リアリズム的な要素を強調すると、やはりポーの「闇い笑い」とは、結局ヴォネガットは距離をとっていった、と解釈できるかもしれません。闇さ、笑い、深刻さが混在する作風は、二〇世紀の戦争体験――とくにドレスデンでの友軍による壊滅的な爆撃体験――という部分に帰する部分が多いともいえるでしょう。

ところで二〇二二年の『SFマガジン 一二月号カート・ヴォネガット生誕100周年記念特集』が手元にあるのですが、寄稿者たちに、現役の作家が多いのは興味深いですね。監修の大森望はSF翻訳者ですが、水上文、小川哲、円城塔といった方々が加わっておられます。ただ、扱われている作品を見ると、追悼号などの以前の同様の特集でもそうであったように、前期作品が多いですね。やはり『スローターハウス5』か、それ以前の作品が対象として扱われるわけですよ。そういうところに関心を寄せる方々が、圧倒的に多いということでしょう。

辻　話が変わって恐縮ですが、中山先生はマーベル・コミック原作の映画などはご覧になられることはないですか。

中山　『Xメン』（*X-Men*, 2000）を見た記憶がある程度で、あとは『アイアンマン』（*Iron Man*, 2008）

だけは見ましたね。学生が卒業研究の対象とするということで、それだけチェックしたことがあったかと思います。

マーベル・コミック原作映画は、「マーベル・シネマティック・ユニバース」（ＭＣＵ）という統一された世界観の下で、続々制作されています。壮大なサーガになっているんですが、『アベンジャーズ／エンドゲーム』（*Avengers: Endgame*, 2019）あたりから、時系列を操作できるというトリックを盛り込むようになってきて、「マルチバース」という概念も持ち込まれるようになってきました。

それまでは宇宙旅行のような、空間移動については、もちろん自由だったのですが、時間の流れについては、伝統的な固定の意識に基づいていたのです。『エンドゲーム』からはその規定から外れることをやり始めて、敵のことを「ヴィラン」（villain）と表現するのですが、次のクロス・ムービーのヴィランである「カーン」（Kang）が、時間を自在に扱う「ラスボス」として活躍していく予定のようです。

辻　いわゆる一般大衆向けの最も最前線にある娯楽作品で、このような手法が用いられていることは驚きで、文学どころかＳＦ小説にも関心がないような層に向けて、そういう複雑な世界観が展開されるようになってきたのが、二〇二〇年代ということなのでしょう。このような流れの基盤を作り出してきたのは、ヴォネガットも含めた二〇世紀のＳＦに近い作家たちだったのではないかと推測したりしていると、感慨深いものがあります。『スローターハウス5』のような作品は、そのような流れに大きく貢献しているのではないかとも思います。大衆の中の時間意識の変化という点で、相対性理論以上の役割を果たしているのではないかと感じたりもするのですが。

中山　マルチバースといえば『エブリシング・エブリウェア・オール・アット・ワンス』(*Everything Everywhere All at Once*, 2022)は、監督もヴォネガットの影響を認めていますね。バースジャンプの感じなんか『スローターハウス5』っぽかった。それでもやはり、大衆意識への影響という点では、リドリー・スコット(Ridley Scott, 1937-)監督の『ブレードランナー』(*Blade Runner*, 1982)の原作『アンドロイドは電気羊の夢を見るか?』(*Do Androids Dream of Electric Sheep?*, 1968)を書いたフィリップ・K・ディック(Philip K. Dick, 1928-1982)の方がよほどすごい、と思いますね。

辻　『ブレードランナー』の影響力は、確かにすごく大きいですね。いったいどれほど幾多のマンガやアニメに影響を与えたのだろうと感嘆するほどに。

中山　そのとおりです。ディックの大衆文化への影響力は、まことに大きいでしょうね。

辻　思い出したのですが、確かヴォネガットの『チャンピオンたちの朝食』(*Breakfast of Champions, or Goodbye Blue Monday*, 1973)は、ブルース・ウィルス(Bruce Willis, 1955-)主演

で映画化されていたのではなかったでしょうか。見たことはないのですが。

中山　なんとコメントすればいいか困りますが、まあ駄作じゃないでしょうか（笑）。『母なる夜』、『スローターハウス5』、「ハリソン・バージェロン」（"Harrison Bergeron," 1961）と並んで映画化されているわけですが、一番出来はよくないと思います。一番お金はかかっているかもしれないですが。

辻　名作が原作の映画は、なかなか名映画にならないというジンクスはありますよね。

中山　ありますね。超えていかない感じはありますね。

辻　それを考えると、あらためて『ブレードランナー』の偉大さが身に沁みるものがありますけど。

中山　『ブレードランナー2049』（*Blade Runner 2049*, 2017）という続編すら産み出していますしね。

ヴォネガットって、SF的要素も、いわゆる純文学的要素も、両方併せ持っているところがあって、おそらくその併せ持っているという性質そのものが、大衆意識への影響という点で、大きいと思うのですよ。「繋いでいる」という性質が重要であると思うのです。うっすらと、人知れず「繋げている」と表現したら、伝わるでしょうか。あまり知られていないけど、こういう人がこういうところで貢献していたんだ、と授業では教えたいところですね。

まあポーだって、トウェインだって、「文学史上でこのような大きな貢献をした」というのは、多くの一般読者層は知らないわけではありますよね。

辻　おっしゃるとおりです。そのように考えると、あらためて冒頭でお話しした、コンポスト容器に描かれるヴォネガットやポーの肖像というものが大切ではないでしょうか。ああいうイメージみたいなアイコンしか、もしかするとこれからの社会では残っていかなくて、実際にその人たちがどのようなものを書いたのかということや、それらが書かれたことによって世の中がどのように変わったであるとかは、ほんとうに少数の人間しか知らない、あるいは知り得ない世界となっていくのかなあ、と想像して、途方にくれることもありますね。

中山　コンポスト容器っていうところがおもしろいですよね（笑）。

辻　たとえばカルフォルニア大学バークレイ校キャンパスのなかで、同様のことを試みる人文科学専攻学生がいたとしたら、描かれるのは当然ヘンリー・デイヴィッド・ソロー（Henry David Thoreau, 1817-1862）だとか、ジョン・ミューア（John Muir, 1838-1914）であるはずなんですよ。環境文学繋がりで考えるだろうと思います。ニューヨーク市ブルックリン区のご近所さん関係だから、こんなかたちになっちゃっているわけで。

中山　やはりニューヨーク市は彼が最後の日々を過ごした場所なので、市民にも愛されていたのでしょうね。

辻　私が二〇一七年から二〇一八年にかけて在外研究でニューヨークに住んだ際は、ヴォネガットが短いながらも教壇に立っていたニューヨーク市立大学シティ・カレッジ校の近所に部屋を借りて過ごしていました。朝に窓際に行くと、シティ・カレッジの有名なシェパード・ホールが見えて、「あれがヴォネガットが教えた大学だ」と、そのたび感銘を受けていましたね。

中山　そういえば、シティ・カレッジでも教えていましたね。わりにあちこちで短い期間教壇に立って、転々と移り歩いていた作家でもありました。やはり一番有名なのはアイオワ大学の作家ワークショップでしょう。それを受講したなかに、ジョン・アーヴィング（John Irving, 1942-）などもいたわけです。

辻　アーヴィングですか。ますます二〇世紀アメリカ文学のなかの、一つの潮流が鮮明に見えてきた気もします。

中山　作家のスザンヌ・マッコーネル（Suzanne McConnell）が書いた、ヴォネガットに師事して習った作文方法についての本の翻訳が昨年出版されました。『読者に憐れみを　ヴォネガットが教える「書くことについて」』（フィルムアート、二〇二二）がそれにあたります。作家金原ひとみの父親である金原瑞人と、石田文子が翻訳されていますね。

アーヴィングやマッコーネルを含めて何人かの学生が、ヴォネガットの創作の授業を受講して、作家として巣立っていったわけです。

辻　そういう本が出るということは、教育者としても彼は優秀だったのでしょうか。

中山　どうなんでしょうか（笑）。創作技法を次の世代の人間に、言葉にして伝えていたということは確かですね。ところでポーは存命中にどの程度評価されたのでしょうか。

辻 やはり、あまり評価されなかったということになるでしょうか。ただ彼はいわゆる教職には就きたかったようで、いろいろ就職活動した形跡が残っていますが、結局すべて失敗していますね。後輩の育成には関われなかった哀しい作家です。

中山 ヴォネガットは不遇な時代はあったにせよ、生きている間に盛り返していますからね。まだ恵まれていますね。そう考えると、あらためて、ポーが持っている「闇さ」の根源とは何なのか、考えてみたいところです。

辻 伝記的には単純で、「貧困」ということになるでしょう。とはいえ、ヴォネガットも一時的に貧しかったことがあるわけですが。

中山 ヴォネガットは幼少時はわりに裕福で、大恐慌で貧しくなってしまったんですね。

辻 じつはポーも似たような境遇にありまして、二歳までに実父母を喪くした後に、豊かな商家であるアラン家に養子として迎えられます。そこからヴァージニア大学進学までは、結構贅沢に育ったようで、アラン家が渡英している間は、お金がかかるマナースクールにも在学できていたわけです。大学進学した後に、養母が亡くなり、養父と揉めてしまい、援助が打ち切られて、貧困生活に堕ちていくことになるのですけど。

中山　となると、貧困だけではなく、周囲の人間環境にむしろポーの「闇さ」のルーツがあるのかもしれないですね。ポーはヨーロッパのゴシック文学を受け継いで発展させたわけですが、ヴォネガットにはまったくゴシックの要素はない気がします。アメリカに移植されたゴシック文学の中だと、森の中で何かに襲われるような恐怖感が展開されたりするわけですが、ヴォネガット文学には見いだせないわけです。

一瞬たりとも油断できない特殊な発育環境にいたのか、貧しくとも安心できる幼少時代を過ごせたのか、両者を分けているのはそのあたりかもしれません。ポーのように、「家」から追い出されて、つねに何かに怯えないといけない環境にあったというのは、後の作風への影響を考える上で、重要な部分でしょうね。

辻　それは鋭いですね。やはり「家族」というところは、大きかったのかもしれません。「親」に恵まれていないという点は、ヴォネガットと決定的に違っていますね。

中山　ヴォネガットを語る上で、インディアナポリスでの隣人愛、家族愛に包まれた幼少時代のことは、たびたび指摘されるとおりですね。「フージャー」（Hoosier）と言われる、コミュニティの絆のなかで、愛されて育ったという事実は、後の性格形成に大きく影響しているでしょう。

後に伝記で明らかにされたのは、出来の良い兄貴の下で、出来の悪い末っ子として育ち、人を笑わせることでしか秀でることができなかったという幼少時の姿でしたが、そこで抱える「闇」

は誰しも成長期には通過するような類のものであり、明らかに後の作風に影響を与えるようなものではなかったでしょう。

最終的にヴォネガットが抱えた「闇さ」とは、社会的なもの、政治的なもの、戦争による現代的絶望などであったわけだと考えるべきですかね。もちろん兵役中の母親の自殺という大きなトラウマもあったわけですが。

それにしても、ヴォネガットの場合は、まず家族があって、そこに付随する安心感があって、そこから、それらを失ってしまうかもしれない恐怖が生まれるわけであり、ポーのように初めからそのあたりがなかったという人物とでは、そもそも立っている土台が大きく異なっていたともいえるかもしれません。

辻

それはすごくわかりやすい説明ですね。

一九世紀と二〇世紀の古典の話から、現代に話題を連れ帰りますが、しばしばさまざまなメディアで指摘されているとおり、現代という時代には、なかなか「明るい」ものを見出すことが困難である気がします。となると、ポー文学が持っている「闇さ」であるとか、ヴォネガット文学が所持している不条理への対峙のような主題というのは、逆説的にますます必要とされる気もするのです。ただ同時に、残念ながら、それらは現代の若者から遠いものであるようにも思うのです。それこそTikTokの世界の中に、ポーとかヴォネガットへの入口を見出すのも難しいように感じるのですが。私たちのような教育現場の人間が、どのようにそこへの道筋を立てればよいのか、いつも迷いを感じています。

中山　ささやかなことではありますが、最近卒業して、メディア業界に就職した学生が、在学中に僕の担当していた文学演習の授業を受けていたんです。そこでヴォネガットを扱ったら、見事にハマってしまったようで、自主的にせっせと読んでいました。それまでちゃんとした読書体験がなく、あまり本を読んで来なかったらしいのです。

そういうように、小説を読む愉しみを理解した上で社会に出て、インスタグラムやTikTokのようなSNSメディアを楽しんで、さまざまなジャンルで活躍してくれればよいと思います。「背景」として、全然小説も新聞も読まないけど、そのようなSNS文化を楽しんでいるというのと、読んできた上でそうしたメディアを嗜むというのとでは、やはり違いがあるのではないでしょうか。

この映画は機微を愉しんだ方がよいから、ゆっくり見よう。この映画はドンパチが売りだから、早送りでもいいや。そういう取捨選択ができるだけの「背景」を育てるには、ある程度文学作品に慣れ親しむという時間が、どこかで必要なんだろうな、といつも考えています。

まずは僕たち「提供する側」が諦めずに「小説を読ませる」ように取り組んでいくことに、意味があるとも思いますね。

辻　そうなると、ますますその土台である大学というか、アカデミズムというものが、健常かつ強固である必要があるでしょうね。たとえ「小説を読ませる」だけかと世間から多少お叱りを受けることがあるにせよ、その環境を支える土台を保持することには、それだけの意味があるのかなと感じました。

中山　大学に来なければ、長い物語を自力で読むという可能性を失ってしまいます。そうなると、何でもかんでもTikTok化してしまいますよね。会社に入って、どこかでプレゼンするときも、TikTokみたいな（笑）。

文学というのは、他者の人生を追体験するものでもあり、そうした読書体験という行為は、後の人生に多大な影響を及ぼすことになるでしょう。大学に入って、長い話を自力で読んで、それで社会に出るというだけでも、意義はあると思います。後に社会に出た時に、継続的に小説を読み続けてくださいというわけでもなく、せめて大学にいる間に、物語を読む力をつけた上で、社会に出ていこう、ということでもよいかなと。

辻　まったく同意します。

中山　「レジリエンス」という言葉を用いてもよいかもしれませんね。大それたことを意味しているわけではなく、落ち込んだときとかに立ち直るための力というぐらいの意味で用いているわけですが。

辻　「レジリエンス」とは、もともと心理学あたりから使われだした用語になるのでしょうか。

中山　アフリカ系アメリカ文学研究の分野では何度か見かけた言葉ですね。

辻　誰しも落ち込むことはあるだろうし、場合によっては生死を分けるような状況もあるだろうと思うのですが、『母なる夜』の主人公みたいに、不条理にしか見えない運命＝死を自分で受け入れる人間も、この世界のどこかにいるのだろうと思うと、目の前の自分の小さな苦しさも軽減される気もしますし、そんな難しいことじゃなくても、「にゃあ」と書いた札が貼ってある猫の死体をイメージして苦笑いしてみるだけでも、最悪の選択肢は避けられる気がするのです。うまく言語化できないですが、内側から支えてもらえる「レジリエンスの感覚」は、中山先生がおっしゃるとおり、長い物語を自力で読むという行為で修得できるように思うのですが。

中山　「文学がもたらすレジリエンスを鍛える効果」というのは、確実にあると思います。

辻　文学などで「間」を学ぶということが、結果的に人生で「立ち直るための力」を与えてくれるということは、経験者なら理解してもらえるはずだと、私も思います。アイコン化したヴォネガットやポーたちが、闇い海を照らす灯台の役目を果たし、多くの迷える若者たちがその灯りに助けられて、長く辛い航海を耐えうる力を身に付けた上で、遙かな遠洋に向けて旅立ってくれれば、と願うばかりですね。

（二〇二三年二月二〇日と五月二六日にＺＯＯＭにて収録）

【参考資料一覧】

Kuntzman, Gersh. "Poe It Goes! From Vonnegut to Edgar Allan for Compost Lady." *Brooklyn Paper*. 2009. https://www.brooklynpaper.com/poe-it-goes-from-vonnegut-to-edgar-allan-for-compost-lady/

McConnell, Suzanne, and Kurt Vonnegut. *Pity the Reader: On Writing with Style*. Seven Stories, 2019.

Tally, Robert T. Jr. *Poe and the Subversion of American Literature: Satire, Fantasy, Critique*. Bloomsbury, 2014.

大森望・監修『ＳＦマガジン一二月号カート・ヴォネガット生誕１００周年記念特集』早川書房、二〇二二年。

第一章

分析的理性の暗転

E・A・ポー「アッシャー家の崩壊」とE・T・A・ホフマン「世襲領」再考

磯崎 康太郎

はじめに　幻想文学の参照枠

幻想文学は現実的基盤のうえに成立する。ロジェ・カイヨワによれば、奇蹟や超自然のものを自明の世界として、現実を侵犯しない力として描いていた近代以前の妖精物語と比して、一八世紀末頃から登場した幻想文学は、現実を浸食する幻想、恐怖としてそれらを描きだす。合理主義や科学的概念が台頭し、奇蹟や超自然の力を否定したことがその動因となる。「まさしく理性の保証であると思えていた強固で恒常的な法則性を打ち破り、その権威を失墜せしめていてこそ、異常が恐怖を呼ぶのである。」（カイヨワ 二七五）進展する啓蒙主義のもとで正常の座標軸が敷かれたからこそ、そこから疎外される異常も輪郭を帯び、正常を脅かす力が物議をかもすことになる。

カイヨワがそうした幻想文学作家の代表格として名を挙げるエドガー・アラン・ポー（Edgar Allan Poe, 1809-1849）とエルンスト・テオドール・アマデウス・ホフマン（Ernst Theodor Amadeus Hoffmann, 1776-1822）は、実際にこれまでも文学上の類似性が指摘されてきた。それはおもに三系列に分けられる。ホフマン「自動人形」（"Die Automata," 1814）等とポー「メルツェルの将棋差し」（"Maelzel's Chess-Player," 1836）で描かれる自動人形をめぐる問題、ホフマン「世襲領」（"Das Majorat," 1817）とポー「アッシャー家の崩壊」（"The Fall of the House of Usher," 1839）（以下、「アッシャー家」と略記）における不気味な館とその住人についての問題、さらには「いとこの隅の窓」（"Des

Vetters Eckfenster," 1822）とポー「群衆の人」（"The Man of the Crowd," 1840）における都市描写やその視点の問題である。とりわけ最初の二系列については、ポーがホフマンを読んでいたのではないかと推測されるほどの類似性が認められ、実際に読んでいたという指摘もなされている一方で、ポー自身はホフマンの名に一度も言及したことはなかったという(1)。

前近代の妖精物語、近代の幻想文学、現代のSF小説といったファンタジー文学を成立させているのは、奇蹟や幻想そのものの表現様式だけではなく、それらが参照枠とする社会の合理主義や科学的概念との関わり方である。そこで本論では、「世襲領」と「アッシャー家」を取りあげ、幻想と合理的思考、理性との関係性を考察する。これまでの研究では、この二作品に描かれた怪奇現象や幻想の類似性に主眼が置かれてきたが、その理性的基盤に着眼すれば、むしろ両者の相違点が浮かびあがる。「ファンタスティックと合理主義、ファンタスティックと科学とは、互いに相補うものだ」（澁澤二〇）と称される幻想文学について、ホフマン作品を補助線としてポー作品を眺めるとき、後者における分析的理性がいかにして幻想に関与しているか、その様相が明らかになると考えられる。

一・ホフマンの「世襲領」とポーの「アッシャー家の崩壊」

ポーの「アッシャー家」と比して、ホフマンの「世襲領」は作品の分量があり、登場人物が多いうえに、ストーリー展開も複雑な物語である。理解の一助として、まずはこの物語のあらすじを見ておこう。物語の前半では、青年テオドールの体験が一人称の回顧形式で語られる。一七九四年の晩秋にテオドールは、男爵家の法律顧問である大伯父に同行し、男爵が狩猟期を過ごすバルト海近郊の城を訪問する。到着した日の深夜から、テオドールたちは幽霊現象を目撃する。数日後、男爵ローデリヒが夫人ゼラフィーネを伴って城に到着すると、テオドールはその夫人に一目惚れする。テオドールの恋慕に大伯父は警告を与えるが、共通の趣味である音楽を通じてテオドールと夫人は急接近する。しかし繊細な音楽とテオドールの語った幽霊体験が夫人の神経を刺激し、夫人は重体に陥る。夫人は事なきを得るが、城での滞在中は夫人の神経が異常に過敏になるため、彼女から音楽を遠ざけていたことを男爵はテオドールに明かす。夫人への男爵の深い愛情を知ったテオドールは、自身の一目惚れを恥じる気持ちと、それでも断ち切れぬ夫人への想いに心を引き裂かれつつ、大伯父とともに城を離れる。

物語の後半では、大伯父の語りによって、男爵家の現在に至る経緯と幽霊の正体が明らかになる。一七六〇年、現当主と同名の老男爵ローデリヒは世襲権を定めるが、自身が没頭する占星術を目的とした天体観測のさなかに、城の塔が倒壊し、落命する。長子相続人ヴォルフガングは、塔の再建を進言する老男爵の執事ダニエルに敵意を露わにし、侮辱を加えるが、ダニエルは隠し財産の存在を彼に教えることによって、城への残留を許される。しかし、侮辱を忘れなかったダニエルは、男爵位の簒奪を狙うヴォルフガングの弟フーベルトとひそかに共謀し、ヴォルフガングを殺害する。長子が亡くなったことでフーベルトは新たな後継者となるが、兄を殺害したことへの罪の意識に苛まれ、遺言状を残して早世する。その遺言状によれば、ヴォルフガングには没落した貴族の娘との間にもうけたローデリヒという名の隠し子がいて、その子が真正な相続人であるという。大伯父はこの遺言状に従い、ローデリヒを探しだし、その出生を証明する。フーベルトの息子たちは戦争に参加して戦死し、娘のゼラフィーネだけが残されていた。晴れて男爵となったローデリヒは、このゼラフィーネを妻とする。相続人として城を訪れたローデリヒは、深夜に奇妙な行動をとるダニエルの姿を目撃する。ダニエルは良心の阿責から夢遊病者となってヴォルフガング殺害の動作を反復していたのだが、夢中遊行のさなかにかけられたローデリヒ男爵の声が衝撃となって絶命する。テオドールが広間で出会ったのは、ダニエルの亡霊だったのである。物語は最後に、前半の回顧の時点に戻る。テオドールたちが城を去った直後に、男爵夫人が橇遊びで事故死したこと、続いて男爵も亡くなったこと、その後に城が廃墟と化し、灯台が建てられたことが明らかになり、物語が閉じる(2)。

「世襲領」と「アッシャー家」については、ローデリヒ(Roderich)とロデリック(Roderick)という館の主人の名前が酷似しているほか、不気味な館の描写やその演出方法などにも類似点が認められる(Kretzschmar 418)。不気味さの演出は、語り手の視点から報告される冒頭のロケーションにすでに表れている。「世襲領」において、バルト海沿岸の地方にある「荒涼とした侘しい城」(Hoffmann 490)の環境は、「無限に続くかと思われる陰鬱で悲しげな赤松林の雰囲気」(489)に包まれ、「鴉のおぞましいガアガアいう声と迫りくる嵐を告げ知らせる鷗の甲高い叫び声だけが反響している」(489)、と描かれている。同様に「アッシャー家」の館も、水辺の寂寥とした場所にある。「ことさら侘しい田舎の土地」のなかに見えてきた「陰鬱なアッシャー家」は、語り手に「堪えがたい憂鬱な感情」を喚起したと表現されている（Poe, "The House of Usher" 231）。どちらの作品においても、語り手の困惑と一種の不快感のなかで館の侘しい環境が語られ、以後展開される怪奇現象の呼び水になっているばかりか、それは住人の属性にも関係している。

「アッシャー家」では、館の環境が及ぼす住人への影響がこう語られている。「ロデリックが言うには、この代々の館の、たんなる形態や実質のなかには何かある特質がひそんでおり、それが長年構わずにいるうちに、すっかり彼の精神に魔力を及ぼすようになった。灰色の壁、小塔、それらがみな影を落としている薄暗い沼といった外形が、ついに彼の精神にある種の影響を及ぼすに至った。」(235)かたや、「世襲領」についても、「城と住人たちの相互浸透」（亀井「予感に満ちた城」一〇六）が指摘されている。この物語では多くの登場人物が、世襲領である城に出入りする。そのなかで一七六〇年の時点から城の崩壊まで、一貫して城にとどまり続けるのは、執事のダニエルとその亡霊のみである。ゆえに、「その性格の暗鬱さと卑屈さ、欲望と犯罪、そして夢遊病が示す無力さと動作の反復性において」、ダニエルの幽霊は「城の性質を本質的かつ集約的に表現している」（亀井「予感に満ちた城」一〇九）とみなされるのである。どちらの作品においても、住人の滅亡とともに館が崩壊するという事態に逢着することが、両者の一体化という主題の意義を示している。

「世襲領」は解釈が分かれる小説である。「戦慄させるもののロマン主義」(Korff 618)が物語最大の主題であるという見方が存在する一方で、幽霊現象や幻想は「犯罪の戦慄的な媒体」(フロイント一三五)として否定的に描かれたものであり、大伯父や最終的に成長を遂げるテオドールの活躍が示すのは、「無用の夢想から人を解き放つ」「新しい市民の時代のリアリズム」(フロイント一三九)であると考える向きもある。タイトルにもなっている世襲領を生みだす長子相続権は、封建時代における上流階級の因習であり、その因習が崩壊するという点は、「アッシャー家」とも共通する。そして「世襲領」では、城館の石を再利用した灯台の建設や、世襲領の国有地化が例示するように、「アッシャー家」以上に崩壊後の世界に言及されていることは看過できないが、活躍する市民階級の存在は、幽霊や怪奇現象の実在性を否定するものでもない。物語の後日談を伝える末尾の箇所においてなお、廃墟となった「城に巣食っている幽霊」(Hoffmann 559)が話題となるからである。物語の前半が人間の「夜の側面」に焦点化された怪奇小説だとすれば、後半は「分析的物語」であり、前半の謎を解明する推理小説、ないしは法的事例の小説である(Begemann 64-65)、というジャンル論的指摘には妥当なところがあり、「世襲領」は推理小説的要素を備えた怪奇小説とみなすことができる。エーバーハルト・ロータースによれば、ホフマン文学の「合理的思考の理性は、その持続的再生のよすがとして、内面の形象世界の深奥から供給される空想を必要とする。それはちょうど、空想が自ら発展するための尺度を獲得するために理性を必要とするのと同じである」（ロータース 一九七）。怪奇的な形象世界は、合理的思考によって解き明かされつつも、完全には解明されない。この関係性によって、幻想と理性、双方の存在意義が担保されることになる。

幽霊現象によって現実感覚が脅かされ、恋愛によって狂気のはざまに追いやられる若年時のテオドールは、幻想と現実の調停に失敗する人物として描かれていることから、ロマン主義の自己批判であるとみなされる一方で、その対極にある秩序を体現する、啓蒙主義者が大伯父である（Begemann 65）。「世襲領」の謎解きにおいて大きな役割を果たす大伯父は、幽霊現象に対峙する際、次のように述べている。

私の心の声はこう告げるのだ。神への確固たる信頼にもとづく自分の勇気と精神力には幽霊も負けるはずだし、また、先祖伝来のこの城から子孫を追いだそうとする悪霊を追い払うために身命を賭けることは決して僭越なことではなく、敬虔で勇敢な行為なのだ、と。——もっとも、これは決して無謀な冒険などではない。私のように揺るがぬ誠実な心と敬虔な神への信頼があれば、人は誰でも英雄として勝利を収められるはずだからな。（Hoffmann 499）

大伯父が悪霊と対峙する際、つねに語られるのが、自身のキリスト教徒としての矜持である。「神への確固たる信頼」は「勇気と精神力」を生みだし、法律顧問官としての冷静な状況判断力、分析力につながるという。大伯父は「神がわれわれに理性と細心の注意を与え、われわれが道を踏みはずさぬよう守りたまわんことを」（503）とも述べている。「世襲領」のなかで終始一貫して、信仰心と理性を維持する人物こそがこの大伯父であり、彼はいわば推理小説における探偵の役どころを担う人物として、幽霊現象を説き明かし、法的問題の解決をはかる。そこにはドイツ語圏の文学に特徴的な点が認められると言えよう。中世のキリスト教を支柱とする世界観は、近代啓蒙主義の理性信仰によって打倒されるというのが思想史上のパラダイムシフトではあるが、ドイツ語圏に特殊な事情として、人間の内面的な宗教心と啓蒙思想の親和的な関係性が知られている。敬虔主義（Pietismus）のもとで、個人的な体験のなかに神を求める宗教的個人主義、主観主義が発展し、それはとりわけ「個人の自意識の覚醒を促すにあたって、啓蒙主義的な思潮とたがいに排斥せず、むしろ影響しあいながらはたらいている点がドイツのばあいの特徴」となり、一八世紀後半の「ドイツ文学は深い内面化の道を進む」ことになったのである（藤本ほか 七九）。大伯父については、世襲権が旧套の法制度として滅びゆく運命をたどり、彼もその法制度に組み込まれた人物であるという見解もある（Begemann 65）。しかし、世襲権のために奔走する彼みずからがこの制度を否定的に語っており、また、その理性的判断力が最終的にテオドールに継承されることを思えば、その力は個々の登場人物を超えたところで、物語のなかで幻想の対立軸を形成している。「世襲領」は、最終的に怪奇現象や幻想に残存する余地を与えながらも、神と理性の力の結合が威光を放ち、悪霊の正体を暴くところまで導かれた物語である。「アッシャー家」においても、論理的な世界と非論理的な世界の対立構造が認められる。前者を具現するのが「私」である語り手であり、「私」は一貫して論理的思考から、アッシャー家という非論理的世界に向き合うのである。しかしながら、この「私」には、ホフマン作品のように神の力という強力な後ろ盾が与えられているわけではない。「何とか論理にしがみついて生きようとする人間性を象徴する人物」（勝部 一〇七）と指摘されているように、非論理的世界に対する「私」の企ては徒労に終わる。徒労に終わるどころか、館の世界に対峙する姿勢すら失われ、「語り手は部外者であるにもかかわらず、ロデリックの奇怪な見解を共有することにより、邸の環境を彼と同じに知覚するようになってしまう」（亀井「E・T・A・ホフマン」四二）と、館への一体化さえ指摘する向きもある。その解釈に従う場合、物語末尾の館の崩壊と語り手の脱出をどのように考えるかという問題が残されるものの、怪奇現象の世界に対して歯が立たない論理的思考が示されていることをまずは確認しておこう。

二．「アッシャー家の崩壊」と「一望監視装置」

「アッシャー家」には、アッシャー家の兄妹ロデリックとマデライン、および一人称の語り手というほぼ三人の人物しか登場しない。アッシャー邸は「『私』(語り手)だけが知覚したという幻想館」(佐渡谷 二二三)であるという見方と、語り手を「ゴシック・ロマンスの芸術家ロデリックの『読者』ないしは観客」(Peeples 87)とみなす見方に大別される。本論はどちらかと言えば後者の立場であるが、館とロデリック、および語り手の布置を再検討することによって、分析的理性の所在を突きとめることにする。

まずはロデリック・アッシャーと館の関係性を取りあげる。語り手である「私」は、ロデリックに再会したとき、「いま目の前にいる青ざめた男が、かつての幼な友だちと同一の人物であるとは、容易に信ずることができなかった」(Poe, "The House of Usher" 234)、と驚嘆の声を挙げている。ロデリックの顔の根本的特徴は昔と変わらないものの、現在ではそれが誇張され、「私は、この怪奇な容貌を当たり前の人間と結びつけて考えることができなかった」(234)ほどの変貌ぶりを見せているからである。ロデリックによれば、変化の原因は環境にあり、「この無気力な、この憐れむべき状態にあって、『恐怖』という陰惨な幻影との闘いのなかで、僕には早晩、生命(life)も理性(reason)も失わねばならないときが訪れるような気がする」(235)という。「陰惨な幻影」は、ロデリックの「生命」と「理性」を脅かし、語り手から見れば、ロデリックの状態は「高尚な理性(reason)が玉座でぐらついている」(237)という診断になる。その診断の根拠になるのは、ロデリックが口ずさむ詩「魔の宮殿」である。この詩でも「玉座(throne)」という言葉が使われ、その「玉座」に座るのは、「知力と賢さ」を備えた王である（238）。しかし、詩の第五節では、王の身に魔性の力が襲いかかるさまが描かれている。「だが悲しみの衣をまとった魔性の姿は／けだかい王の領土に襲いかかった。／（ああ、悲しいことに、明日という日は／もはや王のうえに明けることはない！）／かつて王の宮居したあたりに照り映えた栄光も／いまはただ埋もれた昔日の／儚い思い出の物語にすぎない。」（238）

ここでの王の身の上は、ロデリックのそれを暗示すると考えられる。[3] ロデリックの説明によれば、植物や無機物には知覚があり、館の石材や沼が「無言の、だが執拗な恐ろしい影響」（239）を及ぼしているという。館の側に知覚があるという認識は、そこにモダン・ホラーの〈生きている館〉というモチーフを見て取る一つの根拠になるだろう。[4] ただし、自身への館の影響を語るロデリックは、自身と館を区別している点でいまだかろうじて「理性」を残しており、「魔性の姿」とも言うべき〈生きている館〉に完全に取り込まれているようには見えない。つまり、この段階までは〈生きている館〉を客体として、それを観察するロデリックの姿が看取される。

しかし、ロデリックが妹マデラインの遺体を地下室に安置したことを告げて以降、彼と館の主客の関係は不明瞭になる。語り手によれば、「わが友アッシャーの異常な精神状態に、目に見える変化が現れた。平素の態度が消えてしまったのだ」（241）という。「彼自身の幻想的な、だが力強い妄想の狂おしい魔力」（241）に支配された彼は、自身が館の怪奇現象と化してしまう。語り手がロデリックに読み聞かせる書物の内容に応じて、「隠者の家の破壊、竜の断末魔の悲鳴、盾の落ちて鳴り響く音」（245）に相当する騒音が館に鳴り響き、語り手に驚愕をもたらす。ロデリックによれば、その騒音は、生きながらにして埋葬した妹が棺を破り、地下から抜け出て、かれらのいる場所までやってきた物音だという。「アッシャーの言葉の超人的な力が魔法の作用を及ぼしたかのように、彼の指さした大きな古風の羽目板が、たちまち重々しい黒檀の扉をゆっくりと後ろへ開けた。それは吹きこむ疾風のなせるわざだった――だが、扉の外には、経帷子をまとったアッシャー家のマデライン姫の姿が立っているではないか。」（245）書物の進行に沿って発生する館の騒音について、ロデリックはいまだ語り手に対して秘密を説き明かす側面も認められる。しかし、この秘密は、まだ生きている妹を納棺したロデリック自身に起因するうえに、引用箇所に見られるように、館の怪奇現象は、奇妙なまでに彼の思惑どおりに展開する。語り手にとって館から発生する恐怖は、ロデリックから発生する恐怖と等号で結ばれることになる。ロデリックの死の直後に、館の崩壊の場面が続くのは、両者の一体化の結果であると言えよう。

次に、語り手と館の関係性を見ていこう。アッシャー邸という「解きがたい謎」を目の前にして「その力を分析することは、われわれの思考力の及びがたいところにある」（231）と早々に結論づけてしまう語り手は、だが「この光景の個々の項目を、この絵画の細部を、わずかばかり配置換えしただけでも、物悲しい印象を与える力を減じる、ないしは消し去るのではあるまいか」（231）と考えている。実際に語り手は、謎を解明する力を持たないが、ロデリックと館を眺める者として、興味深い立場にあると考えられる。彼はロデリックの旧友として、幼少期の彼と現在の病める姿との比較の視点を提示している。つまり、住人と周辺環境との主客の転倒が進行性の現象であることを読者に教えてくれるのは、語り手固有の役割に負うところが大きい。館とロデリックを観察する語り手の立ち位置に変化が生じるのは、やはりロデリックがマデラインの遺体の安置を告げ、ロデリックから「平素の態度が消えてしまった」と報告されている箇所からである。「このようなアッシャーの様子が私をおびえさせ――私に感染したのも不思議ではない。徐々にいつしか、私は彼自身の幻想的な、だが力強い妄想の狂おしい魔力が、自分の身に忍び寄ってくるのを感じた」(241)、と語り手は述べている。

「感染した(infected)」というのは、館の恐怖に、語り手が呑み込まれてしまうことを意味する。その恐怖体験は、先述の架空の文学書『狂える会合』の読み聞かせに現れている。それは語り手が読みあげた同書の記述に沿って、三度不思議な物音がするという展開をたどる。一度目は、勇者エセルレッドが隠者の住居を破壊したとき、「まさに引き裂き破れる音の(……)反響」(243)が聞こえたが、語り手は「高ぶった空想に惑わされたと結論づけ」(243)、自分を落ち着かせる。二度目は、エセルレッドが竜を打ち殺すところで、「明らかに遠くから、低い、だが長く引きのばされた鋭い異様な叫び、ないしは軋るような物音」(244)が響くが、語り手は「それを口にすることによって、アッシャーのいら立った神経を刺激しないようにする冷静さは失っていなかった」(244)という。三度目は、壁にかかった盾が床に落ちたとき、「はっきりした、うつろな、金属的な、とどろくような、だが明らかに押し殺された響き」（244）が聞こえた経験となる。「すっかり仰天した私は、飛びあがった」（244）と描かれているように、この第三段落で自制心が失われたようである。語り手がロデリックに駆け寄ると、種明かしとなる彼のつぶやきが聞こえ、先述の瀕死のマデラインの登場、さらにはアッシャーの死へと至る。このように語り手の論理的思考が機能不全に陥りながら、恐怖はクライマックスへと向かう。この恐怖は、虚構と現実の奇妙な合致から生まれるものだが、大局的に見れば、自分は〈観ている〉と考えていた語り手が、じつは〈観られていた〉という逆転現象を告げるものでもある。書物やロデリックの告白に向き合っている語り手の姿を外から眺める視点があるからこそ、適切な時点での虚像の実体化と恐怖の喚起が可能となる。

語り手を外から眺める視点というのは、恐怖を描こうとする作者の視点であることはもちろんだが、それを物語の内部に求めることができることが「アッシャー家」に特徴的なところである。館や周辺環境の側に知覚があるというのは、住人や来訪者を〈観ている〉視点として重要である。この知覚は最終的にロデリックのそれを通じて表出するものだが、前もってロデリック自身がその知覚を話題にしているように、アッシャー家累代の伝統として、さしあたりロデリック個人の生を超えたところに存在しているように思われる。納棺したマデラインの安置場所について、次のように記されている。

死体をおいた地下室は（とても長いこと閉めきったままだったので、われわれが手にしたかがり火は、重苦しい空気のためになかばくすぶり、辺りを観察する機会がほとんどなかったが）、この建物のなかで私の寝室のちょうど真下にあたる、きわめて深いところにあり、小さいうえに湿っぽく、明かり取りもまるでなかった。どうやらそのむかし封建時代には、そこは地下牢という最悪の目的で使われ、また後の時代には、火薬、あるいはその他の可燃性の危険物の貯蔵所として使われたものであろう。床の一部分と、ここへくるまでにぬけてきた長い拱廊の内部がすっかり、銅板で念入りに覆われていたからである。どっしりとした鉄の扉にも、同様に銅板が張られていた。その非常な重さのためか、蝶番のところで回るとき、扉は異様に鋭い音を立てて軋った。(240)

館の地下室は、住人の居住空間から切り離され、かつては地下牢や危険物保管所として監視すべきものを収めた空間だったと語られている。「銅板」や「鉄の扉」によって囚人の視界や行動は遮られる一方で、監視する側にとっては、扉の「鋭い音」は好都合な要素となる。実際、マデラインがこの地下室を抜けだして階上にやってくるとき、物音が出現の予兆となっており、その一部始終が〈観られている〉のである。

監視されるものの側からは何も見えないが、監視するものの側からは一望が見て取れる施設は、パノプティコンと称される。一八世紀末にジェレミー・ベンサム（Jeremy Bentham, 1748-1832）が監獄のモデルとして考案したものを、ミシェル・フーコー（Michel Foucault, 1926-1984）は『監獄の誕生』（*Surveiller et punir*, 1975）において、汎用性の高い近代的権力装置と読み替えた。その「一望監視装置」は、次のように説明されている。

〈一望監視装置〉は、見る＝見られるという一対の事態を切離す機械仕掛であって、その円周状の建物の内部では人は完全に見られるが、けっして見るわけにはいかず、中央部の塔のなかからは人はいっさいを見るが、けっして見られはしないのである。これは重要な装置だ、なぜならそれは権力を自動的なものにし、権力を没個人化するからである。その権力の本源は、或る人格のなかには存せず、身体・表面・光・視線などの慎重な配置のなかに、そして個々人　掌握される関係をその内的機構が生み出すそうした仕掛のなかに存している。（フーコー　二〇四）

「見る＝見られる」立場の転倒は、「アッシャー家」において〈非日常的〉恐怖体験の成立要因であるばかりではない。地下牢によって権力の介在が示唆され、近代社会特有の〈日常的〉恐怖との接点が生まれている。アッシャー家の不文律として、「この一族は直系のみでつづき、ずっと代々（……）そのように続いてきたという、きわめて驚くべき事実」（Poe, "The House of Usher" 232）が挙げられるという。「この傍系家族のないということ、したがって家名とともに家督が父から子へと真直ぐに伝わってきたこと、このことがついに館と住人を同一視させた」（232）伝統は、しかし、子孫がいないロデリックの代で崩壊しかけている。アッシャー家のアイデンティティに関わる問題が、未解決のものとして設定されている。フーコーによれば、「一望監視施設」は「人間の日常生活と権力との諸関係を規定する一つの方法として」（フーコー 二〇七）一般化が可能なものであり、「多種多様な個々人を対象にして、彼らに或る課題や或る行為を押しつけなければならぬ場合、この一望監視の図式が活用」（二〇七）できるのである。

権力の主体の脱個人化、装置化という点について、「アッシャー家」における光の配置は注目に値する。

一枚の小さな絵が、ひどく奥行きの深い、長方形の地下室ないしはトンネルを表していた。そこには切れ目もなければ模様もなく、すべすべした低い白壁がつづいている。補助的にそえられた背景は、この地下室が地表からきわめて深いところにあることを示している。広い場所だがどこにも出口は見えない。松明や、その他の人工的な光源も見えない。しかしながら、強烈な光が隅々までみなぎり流れていて、全体を不気味で異様な光輝に浸していた。（Poe, "The House of Usher" 237）

ロデリックの幻想のなかにあるこの「小さな絵」は、マデラインの地下室のみならず、閉鎖的な館全体の写像であると考えられている（Peeples 86）。マデラインが安置された地下室と比べると、ここでの地下室は「白壁」と「強烈な光」、「不気味で異様な光輝」という属性を備えている。その内部に入れられた人間は、「出口」も、意のままに操作できる光源も持たない一方で、「白壁」を背景に「強烈な光」によって照らしだされる羽目になる。「一望監視施設」は、光を手段として、囚人を間断なく、効率よく監視するという。というのも、「周囲の建物の独房内に捕えられている人間の小さい影が、はっきり光のなかに浮かびあがる姿を、逆光線の効果で塔から把握できるからである」（フーコー二〇二）。捕囚者の立場から見れば、いまや「可視性が一つの罠」（二〇二）となるのだ。この引用箇所以外にも「アッシャー家」においては、館を包む光が頻繁に話題になる。あるときロデリックは窓を開け放ち、語り手に対して、「われわれのすぐ周りの地上のあらゆる物体ばかりか、風に煽られた巨大な雲の塊の内部までもが、館のまわりに垂れこめてすっぽりと館を包んでいる、微かにまたたき、はっきり目に見える一種のガス状蒸気の不気味な光のなかに輝いている」（Poe, "The House of Usher" 242）様子に注意を促す。語り手は動揺しながらも、それは「珍しくもない電気現象にすぎない」（242）と応じている。物事を主体的に〈観ている〉つもりだった自分たちが、じつは映しだされ、〈観られる〉客体だったという事実は、にわかには容認しがたいものである。得体のしれない光は、監視のまなざしの暗示ではなかろうか。
フーコーが述べている、汎用性の高い「一望監視装置」は、監視者と被監視者、見るものと見られるものの役割を固定化するのではなく、被監視者のなかで監視者の視が内在化され、規範化されることにより、たとえ被監視者が放置されても、監視の目的が遂げられるというものである。フーコーは、一望監視の図式を用いて、権力の行使を完璧に遂行できる理由を次のように述べている。

というのは、その図式は、権力が行使される相手の人数をふやす一方では、権力を行使する側の人数をへらすことができるからである。また、その図式を用いれば、一刻一刻の〔権力による〕介入が可能となり、罪や誤ちや犯罪がおこなわれる以前にもいつも同じ圧力が働くからである。こうした意味で、その図式の力は、けっして介入せずに自発的にしかも静かに行使される点、その効果が相互に結びつく或る機構を組立てる点に存するからである。しかも、建物と幾何学的配置のほかに他のいかなる物理的道具をも使わずに、その図式はじかに各個人に作用するからであって、それは「精神に、精神をもとにした権力を与える」。(フーコー 二〇七―二〇八)

監視のオートメーション化は、ロデリックと館の一体化にも関係しうる。物語の末尾において、語り手は崩壊する館から脱出するが、ロデリックについても必ずしも行動の自由が阻まれていたわけではない。しかし、彼は退路を求めることなく、館とともに崩壊していく。監視の主体は館、およびその周辺環境としか言いようがなく、その意味で監視者の存在は見えにくいのだが、監視のまなざしだけはロデリックのなかで内在化され、行動規範と化している。この規範のもとでは、次世代の直系家族へと接続できないことは、自身の命運を決する問題となるのである。

三.「終焉」について

ロデリックの死とともに館を飛び出した語り手は、物語の最終段落において、次の光景を背後に認める。

突然、小径にそって異様な光が走った。私はただならぬ光の出所を怪しんで振り返ってみた――背後には広大な邸とその影しかなかったからだ。それは沈みゆく、血のように赤い満月の輝きであった。私が前に、館の屋根から土台まで電光形を描いて走っていると述べた、以前はやっと目につく程度であった亀裂を通して、月がまばゆく輝き出したのだ。じっと見つめているうちにも、この亀裂はみるみる拡がり――一陣の激しい旋風が巻き起こった。にわかに月がその全姿をぽっかりと浮かびあがらせたかと思うと――館の巨大な壁が真二つに裂けて崩れるのを見て、私は頭のぐらぐらするのを覚えた。幾千もの洪水が襲ってきたような——轟然たるとどろきが長く伝わり——私の足元の深い黒々とよどんだ沼は、「アッシャー家」の残骸を音もなくゆっくりと呑みこんでしまった。(Poe, "The House of Usher" 245)

館の崩壊を目の当たりにした語り手は、「頭のぐらぐらする」ほどの動揺を覚える。しかし、「じっと見つめている」といった観察態度や、館の「亀裂」に関して以前との比較を試みているといった点で、語り手の態度には一定の冷静さが見受けられ、〈観られる〉者からふたたび〈観る〉者の立場に戻ったかのようである。さしあたり、「何とか論理にしがみついて生きようとする人間性を象徴する人物」(勝部 一〇七)が、アッシャー家という非日常の空間に赴き、また日常の空間に帰還する結末が示されていると言えるのではないか。しかし、それだけなのだろうか。

結末の解釈に当たり、先述の詩「魔の宮殿」が注目に値する。その最終節である第六節は、次の内容である。

いまこの谷間を行く旅人たちは/赤く輝く窓ごしに目を向ける。/狂い乱れた楽の調べに合わせて/大いなる物影のあやしく動きまわるさまを。/色青ざめた扉からは/恐ろしい奔流のごとく/たえまなく物の怪の群が走り出て/高笑いをひびかせる——だがかつての微笑みはもは

やない。(Poe, "The House of Usher" 239)

「旅人たち(travellers)」が見ているのは、前節までに王の領土に襲いかかった「魔性の姿」とおぼしき「大いなる物影のあやしく動きまわるさま」である。だが、通りがかりの「旅人たち」という設定に表れているように、かれらはその様子を「窓ごし」に見ており、室内の事件に対して当事者の立場にはない。かれらの視点は、舞台上の出来事を眺める観客のそれと言えよう。ただし、節の後半に入ると、この立場は変化する。「物の怪の群が走り出て」きて、かれらも出来事に巻きこまれるからである。この到達地点は、むろん「旅人たち」にとってハッピーエンドではないが、最悪のバッドエンドとも言いがたい。「物の怪の群」は、殺害や暴力といった直接的危害を加えるわけではなく、「微笑みはもはやない」という精神状態をもたらすにとどまるからである。

詩のなかの「赤く輝く(encrimsoned)」という表現が「赤い満月の輝き」に接続するように、詩の第六節は、アッシャー家崩壊の場面を暗示すると考えられる[5]。だとすれば、「旅人たち」は語り手の立ち位置にあり、舞台上の出来事を第三者の視点から眺めていたはずの人物が、いつのまにか舞台上に担ぎ出されるという経過が示されていることになる。本論の視点から言えば、館の崩壊を描いた結末部において、やはり看過できないのは光の存在である。物語の冒頭でも描かれた電光形を描く建物の亀裂がここでは「異様な光」を放ち、語り手を背後から照らしだしている。語り手を浮かびあがらせる光は、館の崩壊にあってなお認められるものであり、観察しているはずの語り手が、じつは〈観られている〉という「一望監視装置」の持続性を示唆するものと考えられる。アッシャー邸を逃れることができても、監視機制から逃れることのできない語り手のもとでは「微笑みはもはやない」のである。ただし、アッシャー邸から逃れた語り手のその後については何も記されておらず、いかなる監視の目が持続するのか、語り手の自主的な規律化がいかなる形で果たされているかを確かめる術はない。

ホフマンの「世襲領」について神の後ろ盾を与えられた理性を話題にしたが、ポーの場合、神的な力というものはどこに存在しているのだろうか。ポーは後年の散文詩『ユリイカ』(*Eureka*, 1848)において、宇宙の「終焉(the End)」を問題視している。[6] 宇宙空間の原子や星々は一見すると直線的に進行しているが、そのじつそれらは「終焉」へと向かう「部分的曲線の無限の集積」、つまり「無限の逸脱の集積」であるという(ポー『ユリイカ』一七〇)。ポーによれば、この「漸進的崩壊の過程」(一七一)こそが万物を考える際の「唯一正当な条件」(一七一)であり、この宇宙のシナリオは「神のプロット」(一六〇)となる。つまり、物質は「神の意志によってそれが創造されたとしか考えられない物質的虚無に——沈みゆくのである」(一八五)。「終焉」が訪れたとき、宇宙はどうなるのか。ポーによれば、「新たな、そしておそらくまったく異質な一連の状況が——再度の創造と放射と自己復帰が——再度の神意の作用と反作用が——つづいて起こるであろう」(一八五—一八六)という。「ここにあえて考察してきた過程は永遠に、永遠に、永遠に反復され、神の心臓が鼓動するたびごとに、新しい宇宙が悠然と出現し、また無に打ち沈んでいく」(一八六)という反復的な過程が示されている。「神の心臓」は「われわれ自身の心臓にほかならない」(一八六)と告げられているように、ポーの この宇宙論は人間の生と死、および新世代への移行を見据えているように思われる。また、「詩と真実とは一つである」(一七三)と示唆されているように、これを詩作の原理へと適用するのもあながち的外れではなかろう。とりわけ、ポーが「悪の存在」(一八九)価値を「神の不公平——過酷な運命」(一八九)のなかに求め、それもまた「終焉」へと向かう「暫時的崩壊の過程」にあるものと解するとき、この見解は、彼の多くの作品に認められる悪の存在意義をよく説明しているように思われる。たとえば、「黒猫」("The Black Cat," 1843)はその好例となる。動物好きで大人しい少年だった「私」は、飲酒がきっかけで悪行に手を染め、飼い猫や妻を殺害することになる。本能的衝動と理性が交錯する「私」のふるまいは、どう転ぶか分からない「逸脱の集積」と呼べるものである。結末もまさにそれである。家宅捜索に来た警察官を前にして、妻の死体を隠しとおすことができたと確信した「私」は、自身の軽はずみな行動でその隠し場所を明かしてしまうことになる。物語の「終焉」となる「私」の崩壊は、警察官、すなわち規律と処罰の権力機構によってもたらされる。

「黒猫」の冒頭に興味深い記述がある。この物語で語られる恐怖体験に関して「私の幻想をありふれたものへと希釈する知性の持ち主も見られるかもしれない——私などよりもっと冷静で、論理的で、感情的にならない知性の持ち主は、私が畏怖の念をもって描くこの状況のなかで、しごく当然な一連の因果関係だけを認めようとするだろう」(Poe, "The Black Cat" 223)。ここで描かれている二とおりの知性の持ち主は、幻想や怪奇現象に対峙する存在形式である。つまり、幻想そのものを疑う知性は、その疑いが払拭されることで恐怖が出現し、因果関係を見出そうとする知性は、因果を超えた現象が展開されるからこそ恐怖を感じる。だとすれば、この二段階の知性は、「アッシャー家」の語り手とロデリックにも該当するところがある。語り手は館での体験を現実的に理解可能なものと考えたがり、ロデリックは館の影響を因果として説明しようとする。そのどちらもが機能不全に陥り、懐疑的な知性や分析的な知性をすり抜けたところで、気味の悪い恐怖が生まれているからである。

幻想、怪奇現象に対峙する理性というのは、ホフマンの「世襲領」の主題でもあった。同作の最後で、廃墟と化した城に赴くテオドールは、「世襲領は設立趣意書に定められてあるように国のものとなったことを知った」(Hoffmann 559) と告げた後、一人の農夫の話を伝える。「城の瓦礫の大部分が灯台の設置に使われた」ことを請け合う農夫は、「城に巣食っていたという幽霊の話もしてくれ、いまでもとくに満月の夜にはしばしば瓦礫のなかでぞっとするような悲嘆のうめき声が聞こえてくると力説した」という (559)。この結末については、たしかに幽霊現象がなお続いていることが強調されているが、国有領化という法的手続きや、自然現象としての廃墟化を通じて、作中の幻想や怪奇現象がいわば物語の余韻として客観視されていることも明白である。「アッシャー家」の末尾のように、語り手になお襲いかかるような迫力や拘束性は認めにくい。幽霊現象は、文字どおり廃墟化した要素として、理性的解決の後の残滓にとどまるからである。

かたや、パノプティコンは、人間の懐疑的、分析的な知性が制度として暗転した姿であると考えられる。フーコーは、パノプティコンが一種の装置として、個人のなかで内在化、規律化され、そこに現代まで続く社会のあり方を看取した。「アッシャー家」においては、ロデリックのもとで、分析的理性の暗転という現象が認められる。「世襲領」の大伯父のように館の怪奇現象に理性的に対処していたロデリックは、しかし最終的に「一望監視装置」の担い手として語り手に迫る恐怖となる。「アッシャー家」では、幻想への対峙だけが理性の担った役割ではなく、暗転した理性そのものが恐怖の源になっている。そして、アッシャー家の直系家族についての伝統は崩壊しても、「終焉」後に反復するコスモスのなかで「一望監視装置」は潰えていない。

カイヨワは、幻想文学の次に登場する現代的ファンタジー文学のジャンルとしてサイエンス・フィクションを挙げている。このジャンルにおいては、「科学はもはや真理と安寧をもたらすものではなく、不安と謎を惹き起こすものになった」（カイヨワ 三一四）という認識が前提となる。つまり、SF小説が描きだす幻想、虚構は、合理的思考、理性の暗転した姿に起因すると考えれば、本論で考察した「アッシャー家」の先駆性が見えてくるだろう。また、「一望監視装置」について言えば、最近の未曽有のコロナ禍のなかで、「感染症が監視を駆動する」ことが指摘され、「コロノプティコン」のなかで多くの人が病や死を恐れて自らを律する現象が話題になっている（ライアン 七〇―七一）。だとすれば、フーコーがペストに関して指摘した監視社会や自主的な規律をわれわれも経験していることになるし、それを恐怖体験として描きだす「アッシャー家」は遠く現代をさし示す幻想小説と言えるだろう。

【註】

＊本章全体の表記や書式については、一般的なドイツ文学研究のものを下敷きとした。

（1）ポーの伝記的側面から、ヴァージニア大学時代の彼が、ホフマン等のドイツ・ロマン主義文学に親しんでいたことが指摘されている（佐渡谷 三七）。その一方で、ポー自身は、ホフマンの名に一度も言及したことはなく、本論で取りあげる「世襲領」も彼が直接に読んだものではなく、ウォルター・スコットのドイツ・ロマン主義についての評論を通じて知った作品ではないかと考えられている（亀井「E・T・A・ホフマン」 二七）。

（2）『世襲領』のあらすじについては、亀井伸治の記述（亀井「予感に満ちた城」一〇一―一〇二）とヴィンフリート・フロイントの記述（フロイント 一二五―一二六）に多くを負っている。

（3）作中の詩「魔の宮殿」は、作者ポーが小説に先行して記したものであり、作品全体のイメージの原型であるばかりか、ポー自身の精神的自画像とも目されている（加島 一八二―一八三）。この詩は「物語そのもののミニチュア模型」（Peeples 86）であるとも解されている。

（4）亀井によれば、一八世紀のゴシック小説の舞台となる城は、建物それ自体が恐怖の力をもつのではなく、登場人物の反応や情動を映しだす鏡だったのに対し、二〇世紀のモダン・ホラーにおける幽霊屋敷は、建物それ自体が意志を持ち、不安や恐怖を発生させている。その転換点に位置するのが、ホフマンの「世襲領」であり、ポーの「アッシャー家」であるという（亀井「E・T・A・ホフマン」二三—二七）。

（5）佐渡谷重信によれば、「『魔の宮殿』とは、アッシャー家の現在の姿なのである。滅びゆく館には、いまさに滅び去らんとしているアッシャー家の兄妹が最後の呼吸をしている。ここに描かれた『旅人』は友人の語り手であり、その風景もまた語り手の心象風景に他ならない」（佐渡谷 二二七）。

（6）「アッシャー家」は、ポーの晩年の作品群の中核に位置するものであり、そこに表現された「束縛された人々への潜在的な共感」という主題は、神のもとでの万物の絶対的同等性が説かれた『ユリイカ』の問題系に接続すると考えられている（Monnet 333）。

【引用文献一覧】

Begemann, Christian. “Das Majorat (1817).” *E. T. A. Hoffmann Handbuch: Leben – Werk – Wirkung*, edited by Christine Lubkoll and Harald Neumeyer, J. B. Metzler, 2015, pp. 64-66.

Hoffmann, E. T. A. “Das Majorat.” *Fantasie und Nachtstücke: Fantasiestücke in Callots Manier, Nachtstücke, Seltsame Leiden eines Theater-Direktors*, Winkler, 1976, pp. 489-559.

Korff, H. A. *Geist der Goethezeit. Versuch einer ideellen Entwicklung der klassisch-romantischen Literatugeschichte. IV.*

Teil. 2., durchgesehene Auflage, Koehler & Amelang, 1955.
Kretzschmar, Dirk. "Internationale literarische Rezeption und Wirkung." *E. T. A. Hoffmann Handbuch: Leben – Werk – Wirkung*, edited by Christine Lubkoll and Harald Neumeyer, J. B. Metzler, 2015, pp. 417-423.
Monnet, Agnieszka Soltysik. "'The Fall of the House of Usher' and the Architecture of Unreliability." *The Oxford Handbook of Edgar Allan Poe*, edited by J. Gerald Kennedy and Scott Peeples, Oxford University Press, 2019, pp. 320-337.
Peeples, Scott. *Edgar Allan Poe Revisited*. Twayne Publishers, 1998.
Poe, Edgar Allan. "The Black Cat." *The collected tales and poems of Edgar Allan Poe*, The Modern Library, 1992, pp. 223-230.
Poe, Edgar Allan. "The Fall of the House of Usher." *The collected tales and poems of Edgar Allan Poe*, The Modern Library, 1992, pp. 231-245.
カイヨワ、ロジェ「妖精物語からＳＦへ——幻想のイメージ」三好郁郎訳、東雅夫編著『世界幻想文学大全 幻想文学入門』筑摩書房、二〇一二年、二七一–三一六頁。
加島祥造編『対訳 ポー詩集——アメリカ詩人選（一）』岩波書店、一九九七年。
勝部章人「『アッシャー家の崩壊』におけるアッシャー館の位置考察」『大手前女子大学論集』第一六号、一九八二年、一〇一–一〇七頁。
亀井伸治「E・T・A・ホフマンの『世襲領』とE・A・ポオの『アッシャー家の崩壊』——欧米の幽霊屋敷小説の歴史における転換点としての」、早稲田大学比較文学研究室『比較文学年誌』第五四号、二〇一八年、二三―四四頁。

亀井伸治「予感に満ちた城――E・T・A・ホフマンの『世襲領』における城と幽霊の描写について」『早稲田大学大学院文学研究科紀要』第四六輯、二〇〇一年、一〇一―一一一頁。

佐渡谷重信『エドガー＝A＝ポオ』新装版、清水書院、二〇一六年。

澁澤龍彥「幻想文学について」、東雅夫編著『世界幻想文学大全　幻想文学入門』筑摩書房、二〇一二年、二四―三二頁。

フーコー、ミシェル『監獄の誕生――監視と処罰』田村俶訳、新潮社、一九七七年。

藤本敦雄ほか『ドイツ文学史』第二版、東京大学出版会、一九九五年。

フロイント、ヴィンフリート『ドイツ幻想文学の系譜――ティークからシュトルムまで』深見茂監訳、彩流社、一九九七年。

ポオ、エドガー・アラン『ユリイカ』八木敏雄訳、岩波書店、二〇〇八年。

ライアン、デイヴィッド『パンデミック監視社会』松本剛史訳、ちくま書房、二〇二二年。

ロータース、エーバーハルト『E・T・A・ホフマンの世界――生涯と作品』金森誠也訳、吉夏社、二〇〇〇年。

第二章

疫病と悪夢

マンゾーニ『婚約者』を通して「赤死病の仮面」を読む

霜田 洋祐

はじめに――マンゾーニ研究における「ポー問題」

あのエドガー・アラン・ポーが、アレッサンドロ・マンゾーニ（Alessandro Manzoni, 一七八五―一八七三）の小説『婚約者』（別邦題『いいなづけ』。*I promessi sposi*, 一八二五―二七年初版、一八四〇―四二年決定版）[1]を読み、好意的に評価した――このことは、イタリアでは周知の〈事実〉となっており、マンゾーニ作品の批評・研究においても重要な意味を持ってきた。一八三五年五月の『サザン・リテラリー・メッセンジャー』誌に掲載された、『婚約者』の英訳版（*The Betrothed Lovers*）[2]に対する書評は、匿名の記事であったが、これが同誌の編集に携わっていたポーの手によるものとして紹介され[3]、イタリアでも知られるようになったのである。そして今なお「ポーによる書評」と信じられ、高校生・大学生がテスト対策で参照するガイド本[4]においても、国立マンゾーニ研究センターもかかわるデジタル展「ヨーロッパおよび世界における『婚約者』[5]」においても、そのように紹介されているのである。

『婚約者』は、イタリア近代文学を代表する小説であり、イタリア国内では誰もが知っている作品であるが、国際的な知名度は、初版刊行後すぐに諸外国語に訳されたころとは違って、いまや全く高いとは言えない（ただし、『婚約者』はペストが猖獗を極めたミラノの様子を克明に描いているために、新型コロナウイルスの世界的流行のなか注目され読み返された作品でもある）。そのため、ゲーテやウォルター・スコットといった国外の著名な作家たちによる評価（とくに好意的な評価）を紹介するのがお決まりとなっているのである。ただ、ゲーテが、ドイツ国外の若い才能を探し、マンゾーニが小説以前に書いた詩や悲劇作品を激賞していた人物なら、スコットは、『婚約者』もそのうちに含まれる歴史小説というジャンルの祖であって、彼らのような作家が肯定的反応をしたとしても、それほど予想外とは言えなかった。これに対して、あのポーが高く評価したという場合の「あの」には、意外性のニュアンスが多分に含まれているように感じられる。イタリアの貴族の家に生まれ、文筆によって暮らしているわけではなく、小説は長篇の『婚約者』しか書かなかったカトリックの作家マンゾーニと、ゴシック・ロマンス的な短篇の名手にして推理小説の創始者でもある職業作家・編集者のポーとの間には、一見するとかなり大きな隔たりがあるのだ。だからこそ、ポーは一体、マンゾーニの作品のどこが気に入ったのだろうかという興味も湧いてくる。そしてこの問いこそが、マンゾーニ研究・批評史に少なからぬ影響を与えたと考えられるのである。

『婚約者』は、スペイン治下にあった一七世紀前半のミラノ周辺を舞台とする歴史小説であり、結婚を阻まれた田舎の若い男女レンツォとルチーアが、歴史の大きな渦に巻き込まれ翻弄されながらも信仰を頼りとし、高潔な高位聖職者や回心を経験した人物らに助けられながら、最後には晴れて結婚するというのが物語の主な筋である。それゆえ、もちろんこの作品において信仰のテーマは非常に重要であり、しばしば「〈神の意志 Provvidenza〉の小説」などと呼ばれるのも決して間違っているとは言えない。ただ、こうした言い回しが、カトリック信仰の護教論的・プロパガンダ的作品という偏った（誤った、と現代のマンゾーニ研究者なら言うだろう）イメージに結びつきやすいのも事実だろう。これに対し、例の『サザン・リテラリー・メッセンジャー』誌の書評は、マンゾーニのカトリック教会に対する客観的な見方を評価し、「マンゾーニは、ルターと同じくらい、その教会の悪弊によく気がついていた」と述べている。[6] その書評ではとくに、財産を嫡子に多く残すため意志に反して修道院に入ることを強要される（「肉体的拷問より残酷な精神的抑圧」を受ける）貴族の娘の挿話が引かれている。「モンツァの修道女」の名で知られる彼女が、女子修道院にありながら男と関係を持ち、また殺人まで犯すという陰惨な事件は、書評で賞賛される悲惨で恐ろしいペストの描写と同じく、史実に基づいて記述されている。『婚約者』は、歴史に忠実な、リアリスティックな物語を描こうとする作品であるが、史実に基づくという口実を担保しつつも、暗く恐ろしい事件を語り、身の毛もよだつ場面をも描写しているのである。この作品が、ゴシック・ロマンス的な（ポーの趣味にも合うように思える）側面を備えているということは、その傾向がより顕著な草稿段階のテクストとの比較研究などを経て、現在の研究・批評においては十分に注意が払われているように思われる。ここに至るために、ポーによるものと信じられた書評は、決定的な役割を果たしたとまでは言わないにしても、一役買ったと言うことはできるのではないだろうか。

ところで、ここまでの記述からすでに示唆されるとおり、問題の書評の執筆者は実はポーではないという説が有力である。アメリカの研究においては、『サザン・リテラリー・メッセンジャー』誌に寄稿していた別の人物、ナサニエル・ビヴァリー・タッカーであるということが、一九三〇年代から指摘されていたという。(7) マンゾーニ研究においては、実際にはポーが書いていなかったとしても、そのように信じられたからこそ、『婚約者』のポーのイメージに合致するような部分に正しく目が向けられたという意味で、信じられたこと自体に価値があったと見ることができる。一方、ポーの研究・批評においては、これまでいくつかの作品のテーマの着想にマンゾーニの『婚約者』の影響が見られるのではないかという指摘がなされてきたが、これは、ポーが間違いなく『婚約者』を読んだというのが前提の議論であり、読んだ根拠は問題の書評だったのである。(8) 『婚約者』の書評を書いたのがポーでなかったとしても、すぐさま『婚約者』を読んでいないということにはならないが、確実に読み評価したというのと、読んだ可能性はあるというのでは雲泥の差がある。このように先行研究の前提が揺らいでいる状況で、いま『婚約者』を通じてポーの作品を読もうとすることは、果たして意味のあることなのだろうか。前置きが長くなってしまったが、これが本稿で提示する問いである。

一・ポー作品に見出されてきたマンゾーニ的なもの

何はともあれ、まずは、これまでの研究でどのような指摘がなされてきたのかを確認しておこう。

英米における『婚約者』の受容について調査したアリーチェ・クロスタのまとめによると（Crosta 2014: 178-179）、ポーが『婚約者』の英訳からヒントを得たかもしれないと指摘されてきたのは、書評において疫病（ペスト）の叙述が詳しく取り上げられていることとも関連して、とくに、疫病にかかわる二作品、「キング・ペスト」（"King Pest: A Tale Containing an Allegory," 一八三五年）および「赤死病の仮面」（"The Masque of the Red Death," 一八四二年）である。前者については、「私たちに先ごろ襲いかかった伝染病が、それと比べれば、天使の慈悲」と思えるほどだと書評も述べているとおりの、ペストに襲われたミラノの街の悲惨な情景から影響を受けた可能性が指摘された。また、「ペスト一世」らの饗宴は、モナッティと呼ばれる、病人の移送や死体の埋葬作業のために雇われていながら、盗みや強請をも働いていた者たちが、疫病の蔓延を祝って酒を飲む様子を思い起こさせる（「キング・ペスト」の船乗りたちと同様に、『婚約者』の主人公レンツォも、モナッティから酒を飲むよう促されるのである）。それから、疫病の擬人化・悪魔的形象化というテーマが挙げられる。これは、後者「赤死病の仮面」のほうにも最重要のテーマとして現れるが、実は『婚約者』にも見られるものなのである。マンゾーニは、『ショーヴェ氏への手紙』（一八二〇年執筆、一八二三年出版）などの文学にまつわる彼の論考からもはっきり見て取れるように、物語から非現実的なもの、「小説的なもの romanzesco」を極力排除しようとしているのだが、それにもかかわらず、ペスト禍のあり様を克明に描こうとする以上は、舞台となった一六三〇年のミラノの人々が実際に想像を巡らせていた魔術的・悪魔的な疫病の姿について、語らないわけにはいかなかったのである。

さて、これらの類似は、ポーが『婚約者』を読んでいなかったとすれば、直接的な影響のない、ただの偶然の一致となってしまうようにも思われる。しかしながら、三つ目の、「キング・ペスト」にも「赤死病の仮面」にも見られる共通点、つまり疫病の擬人化というゴシック・ロマンス風の要素は、史実を元にしているからこそマンゾーニが消すことのできなかったものであるところが興味深い。ポーの創作したものは、過去の人々が実際に妄想し夢に見たもの（として『婚約者』が紹介するもの）と似ているということになるだろう。では、この類似にはどのような意味があるだろうか。その問いに答える前に、まずはその類似がどうやって生じ、どのくらい似ているのかを確認しよう。そしてここからは、主に「赤死病の仮面」のほうを取り上げることにしよう。「寓意を含む物語」というサブタイトルがついている「キング・ペスト」よりも、短くて類似箇所も限られている「赤死病の仮面」のほうが比較・検討に好都合のように思われるからである。

二．赤死病の化身と疫病の魔術的拡散

「赤死病の仮面」は、「赤死病（赤い死）」という疫病が国内で蔓延するなか、廷臣たちと共に堅牢かつ壮麗な僧院に引きこもり、外の絶望を忘れて暮らす領主プロスペロが、仮面舞踏会を開催すると、

赤死病を想起させる仮装をした人物が不意に現れ、皆に死がもたらされるといったストーリーの短篇である。舞台がどの国のどの時代であるかは述べられていないし、どこであろうと物語の進行の上でとくに問題にはならない。ただ、シェイクスピアの戯曲『テンペスト』に、同名の主人公プロスペロ（ミラノ公）が登場し、仮面劇が織り込まれており、また「赤い疫病 red plague」にも言及があるため、これが「赤死病の仮面」の着想の一つの源泉だという推定がなされているので、中近世のイタリアを舞台として想像してもよいのかもしれない。疫病を避けて楽しく過ごすという設定は、ジョヴァンニ・ボッカッチョの『デカメロン』を思い起こさせるという指摘もなされているが、[10]「愉快な仲間たち lieta brigata」（ペストに襲われたフィレンツェから郊外に逃れ、一〇日にわたって一日に一人一話ずつ物語を披露しあった十人の若者たち）は、秩序ある生活を送り、最後にはフィレンツェの各々の家に無事に戻っているという点には注意が必要だろう。彼らの物語は、ポーの短篇とは肝心の結末部分が一致していないのである。『デカメロン』の「第一日まえがき」では、愉快な仲間たちの話に入る前に、一三四八年のペスト禍における実際の町の様子が描かれており、そのなかで、病人のいない家に集まって引きこもって慎ましやかに暮らそうとした人々と、それとは反対に、好きなだけ飲んで楽しく歌って気晴らしをするのが薬になると考えた人々がいたことが紹介されているが、[11]プロスペロらのおこないは、むしろこれら両極端の考えを合わせたもののように見える。ボッカッチョは、どちらの方策を採った人々のもとにも、病気はやってきたのだと報告しているからである。[12]また、『デカメロン』の一〇人の若者は、高貴な身の上には違いないが、市政において責任ある立場を担っていたわけではない。これに対し、「赤死病の仮面」のプロスペロは、一国の統治者である。スチュアート・レヴァインおよびスーザン・レヴァインによるポーの『全短篇集成』の前書きでは（Levine&Levine 1976: 454-455）、「プロスペロ公と彼の廷臣たちはその病気に立ち向かうためにできることがないのだから、それから逃れたとして、何がそこまで不道徳なのだろうか？」という疑問が呈されている。しかし、「聡明である sagacious」とされるプロスペロが、自分の領土から半分もの人口が失われているようなときに、自らは避難する一方、外に残される臣民のためにその聡明さを発揮して何らかの対策を施すさまは描かれていない。このような為政者の態度は、現実であれば、一六三〇年のミラノのペストの際に戦争にかまけて適切な対策をおこなおうとしなかったスペイン総督たちが『婚約者』のなかで厳しく批判されているのと同じように、マンゾーニの非難を免れなかっただろう[13]。

さて、そのマンゾーニの『婚約者』と「赤死病の仮面」との関係で気になることとしては、一つには、レナート・ジョヴァンノーリ（Giovannoli 1989: 275）によって指摘され、クロスタ（Crosta 2014: 179）によって確認されているとおり、両作品で、病気の明らかな徴憑をあらわすのに同じ「印章 suggello/seal」という語が用いられている点があげられる[14]。偶然にしては珍しいとも言えるこのような語彙の一致は、ポーが『婚約者』英訳版のペストの記述を読み込んでいたと確かめられたなら、より興味深いものとなるだろう。しかし、ここで注目したいのは、もう一つ、歴史書のみならず、布告や衛生局から総督に宛てた書簡といった公文書を含む史料を渉猟したうえで書いたマンゾーニのペスト禍の描写のなかにも、怪奇的な存在——超自然的な仕方でペストを広める何者か——が姿を表すという点である。なぜそのようなゴシック・ロマンス的な要素が出てくるのか、順を追って確認していこう。

ペストやコレラといった疫病（伝染病）の蔓延時には、人為的に悪意を持って病気がばら撒かれているという臆説が出てくる。これは古代にまで遡る現象であるが、そのような陰謀論的な病因論が形を変えながら近代そして現代に至るまでしぶとく残っていることは、[15]「コロナ禍」を生きる私たちにとって、説明の必要のないことになってしまった。一六三〇年のミラノのペストの際には、家々の戸や壁に毒性物質を塗り、病気を広めようとする「ペスト塗り」がいるのだと、多くの人々が信じてしまった。理不尽とも言える大きな災難に苦しめられた人々は、直接に怒りの矛先を向けることのできる相手、スケープゴートを求めたのであり、実際、疑わしい行動をとる者は「ペスト塗り」だと決めつけられ、捕まれば私的制裁を受けたり、司法当局へ引き渡されたりした。マンゾーニは『婚約者』において、このような集団的妄想が広まる過程とその暴力的な結果について詳述するとともに、それを物語の筋の展開にも役立てたのである。さて、そのような臆説が人々の間に蔓延する状況で、譫妄状態にあるペスト患者たちのなかから、人々の恐ろしい空想に合致することを述べる者たちが現れ始めた。つまり、自分が「ペスト塗り」であった、または「ペスト塗り」をしないかと勧誘されたなどとうわ言で述べる者がいたのであり、そのために臆説はますます信じられることとなった。マンゾーニは、魔女裁判の時代に自ら（空想上の）罪を犯したと告白する者が出てきた例も引きながら、ある奇妙なことがおこなわれているという臆説が人々の間で長く強く信じられたときには、自分がそれを実行したような気になる者が現れてしまうものだという見解を示したうえで、「そのようなペスト塗りの妄想 delirio が生み出した物語」のなかから、とくに信じられ広まったものを一つ紹介している（*PS*, XXXII, 48-50）。

人々は、誰もが同じとおりにではないけれども（お話というものが同じとおりに語られたほうが一大事だろう）、おおよそ次のように語るのだった。ある人が、ある日、ドゥオーモ［ミラノ大聖堂］前の広場に六頭立ての馬車が停まるのを見たという。なかには、随行の者たちとともに、ひとり立派な人物がおり、顔立ちは上品ながらも暗く赤い色をしており、燃えるような目で、髪は逆立ち、唇は人を脅すようであった。見ていた男は、馬車に乗るよう促され、乗り込んだ。一巡りしたあと、馬車は止まり、ある屋敷の門のところで下車した。他の者たちとともにその屋敷に入った彼は、快いものと恐ろしいものを目にした。荒地と庭園、洞穴と広間があり、広間では亡霊たちが集まって会議をしていた。最後に、金の入った大きな箱を見せられ、好きなだけとってよい、それと引き換えに、一緒に油膏の入った小壺を受け取り、それで町を塗って回る気があるなら、と言われた。その提案を彼が断ると、一瞬にして元の馬車に乗せられた場所に戻っていたというのである。(*PS*, XXXII, 50-51)

この話は国内外を駆け巡り、ドイツではそれを描いた版画も刷られ、マインツ大司教が、ミラノで噂の驚異の出来事について何を信じたらよいのかとミラノ大司教のフェデリゴ・ボッロメーオ枢機卿に手紙を書いて尋ねてきたほどであった。小説中の重要な登場人物でもある枢機卿は、噂されている不思議な出来事は「夢である」と答えたとマンゾーニは記している(*PS*, XXXII, 52)。ただし、マンゾーニは枢機卿たちの手紙を直接見たわけではなく、このやり取りの情報源としたジュゼッペ・リパモンティ(Giuseppe Ripamonti, 一五七三―一六四三)の『一六三〇年のペスト』(一六四〇年)には、ミラノ大司教が噂された出来事を否定したことは書かれているが、彼がそれを「夢だ」と述べたとは書かれていない。「夢」というのはマンゾーニが選んだ表現なのである。では、その〈白昼夢〉に出てくる、「立派な人物 gran persona」とは何者だろうか。人々の想像において、しばしば「ペスト塗り」は末端の実行犯(エージェント)であって、その背後には金銭などの利益を約束して彼らを動かす黒幕がいるはずだった。三十年戦争の時代、スペイン治下のミラノにあって、敵国のフランスなど実在の政治勢力や政治家・軍人の名前がもちろん候補として挙がったのだが、病気を広める物質というのがそもそも魔術的色彩の強いものであることから、人間とは異なる存在にまで想像は及んでいた。この

〈白昼夢〉においても、ミラノの町に驚異的な仕方で突如出現した屋敷の主は、明らかに人間ではない。エツィオ・ライモンディおよびルチャーノ・ボットーニの註によれば（Raimondi e Bottoni 2021: 692）、「暗く赤い」顔、「燃えるような目」、「逆立った」頭髪などの図像学的に正規の特徴から、すぐに「悪魔」だと分かるという。

『婚約者』やその情報源として引かれている『一六三〇年のペスト』の記述を読む限り、右の〈白昼夢〉は、譫妄状態のペスト患者によって見られたものではないようである。マンゾーニがこれを人々の「妄想（精神錯乱）delirio」（この語には「譫妄状態」の意味もある）が生み出したものと呼んでいたとおり、人々は病の高熱におかされることなしに、このような〈夢〉を見るに至っていたということである。これに対し、マンゾーニが、もう一つの重要な情報源であるアレッサンドロ・タディーノ（Alessandro Tadino, 一五八〇—一六六一）の『ミラノの大ペストの起源の詳報と続く日々の報告』（一六四八年）を引いて紹介しているもう一つの話は、実際にペスト患者の見た〈夢〉である。

［…］二人の証人が供述するには、彼らは、彼らの病身の友人が次のような状況を物語るのを聞いたのだという。ある夜、幾人かが彼の家にやってきて、周りの家々に油を塗るなら快癒と金銭を与えると提案した。そして、彼が重ねて拒絶すると、その者たちは立ち去り、代わりにベッドの下には一匹の狼が、上には三匹の大きな猫が居座り、「朝が来るまでそこに留まったのであ

る」[*]。（*原註［タディーノ『報告』］一二三―一二四頁。*PS*, XXXII, 57）

タディーノは、ペストの感染対策に直接関わった医師であり、「ミラノで二番目にペストで死んだカルロ・コロンナのときには、譫言を病気の偶然的発作と見做していた」人物だったのだが、臆説が蔓延するにつれて彼もそれを信じる側にまわり、右のような譫言を、「ペスト塗り」と「悪魔的陰謀」の証拠だと考えるようになってしまったのである（*PS*, XXXII, 57）。ともあれ、この病人が見た〈夢〉にも、魔術的ないし悪魔的なものが関わっているのは間違いない。ジョヴァンノーリ（Giovannoli 1989: 270-271）が述べるとおり、病人のもとを訪れた者たちの人数は示されていないが、病人が提案を拒絶したとき、その者たちが四匹の獣に変化したと見るのが一つの妥当な解釈であろう。そして、猫に変身するものと言えば、これもジョヴァンノーリ（Giovannoli 1989: 271）の指摘するとおり、またしても悪魔であるか、あるいは魔女である（ポーの「黒猫」で言及される、「黒猫はすべて魔女の変装した姿なのだ」という民間伝承を思い出してもよいだろう）[16]。そして、こちらのストーリーでは、金銭だけでなく「快癒」も、ペストを塗るのと引き換えに提示されているという点に注意したい。病人のもとにやってきた者たち（または彼らを派遣した黒幕）は、ペストに感染させたり、それを取り去ったりすることのできる超自然的力を有する存在、つまりはペストを司る悪魔的存在として想像されていると言えるだろう。

このように『婚約者』のペスト禍の叙述においては、多くの人々が臆説を信じ込む集団的な精神錯乱とも言える状態のなか、病に付随する譫妄または〈白昼夢〉に、ペストの感染・発症を操ることができるとおぼしき超自然的な存在が人の形をして現れたこと（そしてそれによって人々がますます臆説を信じたこと）が報告されているのである。そして、このような疫病を体現する存在が、ポーの「赤死病の仮面」（や「キング・ペスト」）にも登場するという点に、類似性を見たいのであるが、マンゾーニにとって（きっとポーにとっても）、このような存在は夢や幻にすぎないのに対して、疫病の恐怖を生きる過去の人々にとっては、かなり現実味をもった対象だったということは注意が払われてよいだろう。また、「赤死病の仮面」において、恐怖をもたらす「赤死病」の仮装をした人物（実際には人ではなかった）が現れ、それとともに「赤死病」も入り込むのは、不穏な気配のまま叙述が進んだ後の物語のクライマックスであるが、そう言えば、『婚約者』で報告される小話のうち一つ目のほうは、一応、彼らの仲間になるかどうかを問われて断るところ、つまり、ペストを広める力を持つ存在という正体が明らかになるところで物語が終わっている。だが、物語の構成に関して言えば、これよりずっと「赤死病の仮面」に重なるところのある話が『婚約者』にはあるので、そちらも確認しておこう。管見のかぎり、これまでポーの小説との類似性を指摘されたことはないが、実はこれもまた、ペスト患者が見た夢の話なのである。

三、もう一つの〈夢〉――ドン・ロドリーゴの悪夢

ここまでに見た二つの夢または幻は、いずれも『婚約者』第三二章の後半において報告されている。第三二章は、一つ前の第三一章とともに、マンゾーニが史料をもとに虚構を排除してペスト禍を語る「歴史叙述」的章を構成し、そこではフィクションの登場人物が一切姿を見せない。これに対し、次に紹介する夢は、フィクションの物語のなかに見られる。『婚約者』の歴史叙述とフィクションの物語は、一般に前者が後者の「現実性《リアリティ》」を保証するという関係にあるのだが、問題の夢の場合はとくに、語り手が、しばらく離れていた「我らが登場人物」の話に戻ろうと述べて第三二章を閉じた直後の、第三三章の最初のエピソードに含まれるので、読者は、集団的妄想が人々にいかなる夢を見せたか、その記憶の新しいうちに別の夢の話を読むことになるのである。

その夢というのは、恋人たちの結婚を阻んで紆余曲折の物語の端緒となった小領主ドン・ロドリーゴの見た「悪夢」である。ペスト禍のただ中のミラノにいた彼は、八月のある夜、いつものように憂いを晴らすため仲間たちと遊蕩に出かけた帰り道で、気分が悪くなり、足がもたつき、身体が燃えるように感じた。ペストではない、ワインや季節のせいだと思い込もうとして床につくが、布団が山のように感じられる。やっと眠りにつくと、今度はいくつもの暗く恐ろしい夢が始まり、ついに次のような夢を見る。

［…］彼は、気がつくと大きな教会のなかの、ずっと前の方にいて、人々の群れに囲まれているように思えた。気がつくと、というのは、どうやってそこに入り込んだのか、どうして、とりわけこのような時期に、そのような気になったのか、わからなかったからだ。そしてそのことを忌々しく感じていた。周りの人々に目をやると、みな生気のない青白い顔をして、目は呆然として虚ろ、唇は垂れ下がっていた。誰を見ても服からぼろ布が垂れ、破れ目からはアザと腺腫が見えていた。「近寄るな、下衆どもめ！」と夢の中の彼は叫ぶのだが、見つめる先の出入り口は遠くかなたにあった。叫ぶとともに脅すような顔で睨みもしたのだが、身体を動かしたわけではなく、むしろ不潔な連中に触れないように身を縮こまらせていた。連中の身体はそれでももう四方から嫌というほど触れてくるのだった。だが、その正気を失った連中は、動く気配がなく、彼の声を聞きもしなかったという気配だった。それどころか、もっと近寄ってきていた。とくに、連中のうちの何人かが、彼の左側、心臓と腋の間を、肘か何かで押しているように思われた。彼はそこに刺すような痛みと重苦しさを感じていた。そしてその苦しみから逃れようと身をよじると、すぐにまた同じ場所で別の何とも言えない痛みが突き刺してくるのだった。彼はかっとなって、剣に手をのばした。するとちょうど、群衆に押されたために剣は彼の胴体に沿って持ち上げられ、柄がその痛む箇所を圧迫する形になってしまったと思われた。だが、

そこに手を突っ込んでも、剣はなかった。しかも、そこに触れたせいで、いっそうの激痛を覚えた。彼は喚き、息を切らし、なお強く叫ぼうとした。そのとき、周りの顔すべてが一つの方へ向いたのだった。彼もそちらを見た。説教壇が見え、その手すりから何か凸状の滑らかで光るものが出てくるのが見えた。それから、立ち上がってはっきりと現れてきたのは、禿げた頭のてっぺん、次いで、二つの目、白く長いひげであった。直立した一人の修道士の姿の、腰の帯より上の部分が、手すりの外に現れた。クリストーフォロ修道士だった。修道士は、聴衆全体に鋭い一瞥を投げかけたのち、その眼を真っ直ぐ自分のほうに向けているようにドン・ロドリーゴには思え、同時に、かつて自分の屋敷の一階の広間でしたのと同じポーズで、手をあげてくるのだった。そこで彼も急いで手をあげ、躍りかかって空中に伸ばされた相手の腕をひっつかんでやるとばかりにもがいた。喉の中で鈍い唸りとなっていた声が、突如はじけて大きな叫び声となった。そこで目が覚めた。(*PS*, XXXIII, 6-10)

目覚めたドン・ロドリーゴは、実際に挙げてしまっていた腕を下ろし、すべてが夢だったと理解するのだが、痛みを覚えていた箇所に目をやると、そこには「暗い赤紫色のアザのような汚い腺腫」、つまり明らかなペストの印があったのである。

この悪夢の前半の、逃げ場のない空間でペスト感染者たちに囲まれているという状況には、広場恐怖症であった著者マンゾーニ自身の悪夢が反映されているのだとされる。[17] だが、人の密集しているところというのは、明らかな発病者が含まれていなくとも、感染症が蔓延している状況では、誰にとっても恐ろしい場所となるのではないだろうか。「赤死病の仮面」の場合も、そのなかに感染者はいないはずとはいえ、外との出入りができないようになった（逃げ場のない）僧院に大勢で集まり舞踏会をしているという状況であったことは思い出しておいてよいだろう。また、状況は異なるが、プロスペロが怒りに駆られて大声を上げるも、周りはその指示を聞かず、彼自ら剣を抜くさまは、夢の中の怒れるドン・ロドリーゴの動きと重なるところがある（ただし彼のほうは腰にあるはずの剣を手にすることができない）。それから、ドン・ロドリーゴの悪夢の終わりには、クリストーフォロ修道士が現れ、彼に手をあげる。このポーズは、『婚約者』第六章で、主人公たちに味方するこの修道士が、二人の結婚を邪魔しないようにとドン・ロドリーゴの屋敷まで説得に行った際に取られたものである。修道士は、はじめは恭しい言葉と態度で説得を試みたのだが、ドン・ロドリーゴのあまりに不遜な受け答えが限度を超えたと判断し、突如として「右手を腰にあて、左手は挙げて人差し指をドン・ロドリーゴの方に向けながら」厳しい言葉で彼を糾弾し出す。そして、「いつかやってくるだろう、ある日…「いつか…という日が来るだろう」」（PS, VI,15）と、予言めいた言葉まで発し始めるのだが、途中でドン・ロドリーゴが彼の手をひっつかみ、続きは語らせずに追い出してしまう。だが、その予言はドン・ロドリーゴに空恐ろしい思いを抱かせた。そして、その「ある日」がとうとう、二六章あまり（物語世界の時間で一年半以上）の間を隔てて、ペストとともにやってきたのがこの場面なのである。「赤死病の仮面」において、仮面舞踏会の出席者たちが、一時間おきに黒檀の時計の音が鳴る間だけ、不安に駆られるのと同じように、ドン・ロドリーゴも放蕩の生活の合間にふと予言を思い出したのではないか。ペストの流行が始まってからはなおさらで、「ペスト」というのは「どんちゃん騒ぎのなかでもあらゆる会話に入り込んでくる」観念となっていた。クリストーフォロ修道士は、それ自体では超自然的な存在ではないのだが、ドン・ロドリーゴの夢のなかにあっては、不安に思ってきた予言の日がペストという形で彼に訪れたことを象徴する形象なのである。こうして、彼が（夢に）現れた後、（目が覚めた）ドン・ロドリーゴは自分がペストにかかっていることをはっきり自覚することになるのであるが、その構成は、夢から現実への移行という点を捨象すれば、「赤死病」の仮装をした役者が姿を現した後、舞踏会の参加者たちが疫病にかかって倒れていったのとぴったり対応しているように思われる。

おわりに

マンゾーニの『婚約者』は、一七世紀前半の北イタリアを、歴史的事実に即して、なるべく「小説的な」要素を排除して描こうとした歴史小説であるが、意外にも、ポーのゴシック・ロマンスに見られるような、暗く恐ろしいエピソードをうちに含んでいる。その多くは取材した事件や人物が陰惨で恐ろしいだけで事実的または現実的な話なのだが、現実にはないはずの超自然的存在が姿を現す箇所もある。「赤死病の仮面」や「キング・ペスト」には、疫病そのものを体現するような存在が出てくるが、『婚約者』のペスト禍の叙述においても、疫病を操る超自然的な力を持った存在が現れているのである。もちろん、それが現実の事象として紹介されているわけではない。見てきたように、それは、ペストを恐れて動揺した人々が集団で見た〈夢〉、その臆説に影響された患者が譫妄状態のなか見た〈幻〉なのである。そして、そうした現実に見られた〈夢〉を踏まえて、マンゾーニは自身の創作した一人の登場人物がペストにかかったとき、彼に恐ろしい〈夢〉を見させているが、面白いことに、その〈悪夢〉の構成は、「赤死病の仮面」とかなり重なるところがあるものとなっているのである。

それでは、『婚約者』のペスト禍の叙述を通して読むことによって見えてくるのは、「赤死病の仮面」の話もまた誰かの夢だったという可能性だろうか。いや、ポーのこの小説は、ジャンルの約束事として、『婚約者』の場合のように合理的な説明を必要としていないと思われるし、夢だとするのは何度か姿を見せる「私」（「私が前に述べたように as I have told」「私が描いてきたような such as I have painted」）[18] との関係でもよくわからない。そうではなくて、ここで強調したいのは、マンゾーニが〈夢〉と言っているのは、ペスト禍の恐怖を生きる一六三〇年ごろのミラノの人々が集団で思い描いた幻想であり、彼らにとっては疫病を体現する悪魔的存在はそれなりにリアリティを持つものだった、ということである。このポーの短篇小説は読者にスリルを味わわせることに主眼をおいて作られているようにも見えるが、『婚約者』のドン・ロドリーゴの悪夢を補助線とするとよくわかるように、疫病の不安を生きる人々が現実に想像して恐怖を覚えるような事態を的確に捉えた設定・構成になっているのである。ポーの小説と、疫病に怯える人々が実際に想像したものとが重なることは、ひたすらポーのテクストだけを相手にするよりも、『婚約者』という疫病の時代を描いたマンゾーニの歴史小説を通して読むほうが明らかに見えやすい。もちろん、人々の想像したもの・恐れたものが、実際にポーの創作のヒントになったのか、偶然一致したにすぎないのか、ヒントになったとしてその情報はどこから得たものなのか、といったことまでは分からない。それゆえこの比較の意味は、じつにささやかなものでしかないかもしれない。しかしささやかでも何か気づきが得られるならば、イタリアにおける「神話」に反してポーがマンゾーニ『婚約者』の英訳を書評していなかったとしても（さらには『婚約者』をそもそも読んでいなかったとしても）、『婚約者』という作品が意外にも独特な仕方でゴシック・ロマンス的要素もうちに含んでいることに注意するならば、これを参照点としてポーの作品を読み直してみることの意味が完全に失われたわけではないとは言ってもよいだろう。

【註】

（1）本稿では後述の英訳の底本が一八二七年の初版であることも考慮し、モンダドーリ社のメリディアーニ叢書の *I promessi sposi* (1827) をテクストとして用いる。引用する際の略号は *PS* とし、章とパラグラフ番号を記す。また全体の表記や書式については、一般的なイタリア文学研究のものを下敷きとした。

（2）一八三四年、ジョージ・ウィリアム・フェザーストンハウ (G. W. Featherstonhaugh) によって翻訳された（ダフ・グリーン、ワシントン）。

（3）ジェームズ・ハリソン（James Harrison）は、『ポー全集』（*Complete Works of Edgar Allan Poe*）の第八巻にこの書評を収録した。

（4）たとえば、Cottignoli (2003: 72-73) には書評後半の大部分がイタリア語訳で引かれている。

（5）デジタル展 *I promessi sposi in Europa e nel mondo* は、世界における『婚約者』の出版史を扱ったマリアローザ・ブリッキの論文（Bricchi 2012）を発展させる形で、パオラ・イタリアが企画、コーディネートし、ローマ大学ラ・サピエンツァの学生たちの手によって作られたオンライン上の展覧会で、マンゾーニ研究センターおよび博物館となっている旧マンゾーニ邸所蔵の初版の外国語版などが紹介されている。

（6）*The complete works of Edgar Allan Poe*, vol. VIII, p.17.

（7）Crosta (2014: 177).

（8）Holsapple (1938: 138).

（9）*The complete works of Edgar Allan Poe*, vol. VIII, pp.17-18.

（10）ホルサップル Holsapple (1938: 137-138) は、ウナ・ポープ＝ヘネシー（Una Pope-Hennessy, *Edgar Allan*

Poe [1809-1849: A Critical Biography], [Macmillan], 1934, pp. 140-141）を引いている。また、「赤死病の仮面」において、舞踏会の参加者を《gay company》と呼んでいる箇所があるが（*The short fiction of Edgar Allan Poe*, p. 462）、これが『デカメロン』の《lieta brigata》（愉快な仲間たち）を思わせることも指摘しておいてよいかもしれない。

（11）*Decameron*, I, Intr. 20-21.

（12）*Decameron*, I, Intr. 26.

（13）たとえば、『婚約者』第三一章でマンゾーニは、ミラノ総督スピーノラが亡くなったとき歴史は「大変入念に彼の軍事的・政治的な偉業を叙述し、読みの深さ、活動力、粘り強さを讃え」る一方、管轄の都市がペストに襲われているときにはこうした特質を全く発揮しなかったことは記していないと批判している（*PS*, XXXI, 17-18）。

（14）わずかに改稿された『婚約者』決定版にはなく、二七年版（初版）に見られる《sugello》の語は、フェザーストンハウの英訳では《seal》と訳されている。

（15）レオナルド・シャーシャ（Sciascia 1983: 103）によれば、一八八五―八六年のコレラや「スペイン風邪」のときにも、病気の流行は、増えすぎた人口を調整するためとする陰謀論が囁かれたのだという。

（16）*The short fiction of Edgar Allan Poe*, p. 255.「黒猫」では「私」が二匹目の黒猫を「疫病の息吹から逃れるかのように」避けようとしたと述べられているのも興味深い（p. 257）。

（17）Nigro (1996: 123)

（18）*The short fiction of Edgar Allan Poe*, p. 463.

【資料】

The complete works of Edgar Allan Poe, edited by James A. Harrison, AMS Press Inc. 1965.

The short fiction of Edgar Allan Poe: An annotated edition, edited by Stuart Levine and Susan Levine, University of Illinois Press, 1976 [1990].

Boccaccio, Giovanni. *Decameron*, a cura di Vittore Branca, vol. 1, Einaudi, 1980.

Bricchi, Mariarosa. "La fortuna editoriale dei *Promessi sposi*." *Dal Romanticismo a oggi* (*Atlante della letteratura italiana*, a cura di Sergio Luzzatto e Gabriele Pedullà vol. III) a cura di Domenico Scarpa, Einaudi, 2012, pp. 119-27.

Cottignoli, Alfredo. *Manzoni: guida ai* Promessi Sposi. Carocci, 2002.

Crosta, Alice. *Alessandro Manzoni nei paesi anglosassoni*. Peter Lang, 2014.

Giovannoli, Renato. "L'Innominato vampiro. Riflessi "gotici" nei *Promessi sposi* alla luce del *Dracula* di Stoker." *Leggere i "Promessi sposi"*, edited by Giovanni Manetti, Bompiani, 1989, pp. 263-291.

Holsapple, Cortell King. "*THE MASQUE OF THE RED DEATH* AND *I PROMESSI SPOSI*." *Studies in English*, No. 18, 1938, pp. 137-139

Manzoni, Alessandro. *I promessi sposi (1827)* in *I romanzi*, a cura di Salvatore. S. Nigro, Mondadori, 2002, vol. II, tomo I.

Manzoni, Alessandro. *I promessi sposi*, a cura di Ezio Raimondi e Luciano Bottoni, Carocci, 2021.

Manzoni, Alessandro. *Lettre à M.r C*** sur l'unité de temps et de lieu dans la tragédie*, a cura di Carla Riccardi, Salerno

Editrice, 2008.

Nigro, Salvatore. *La tabacchiera di don Lisander. Saggio sui «Promessi sposi»*. Einaudi, 1996.

Ripamonti, Giuseppe. *La peste di Milano del 1630: De peste quae fuit anno MDCXXX libri V*, a cura di Cesare Repossi, Casa del Manzoni, 2009.

Sciascia, Leonardo. “*Storia della Colonna Infame.*” *Cruciverba*. Einaudi, 1983, pp. 101-114

Mostra virtuale *I promessi sposi in Europa e nel mondo*（二〇二二年八月二四日閲覧）
https://movio.beniculturali.it/dsglism/IpromessisposiinEuropaenelmondo/it/24/in-america

第三章

アンドレ・ブルトンにおける
ポーの位置と〈崇高なるユーモア〉

有馬　麻理亜

はじめに

フランス文学においてエドガー・アラン・ポー(Edgar Allan Poe 一八〇九—四九)が特別な存在であることは誰もが認めている。一九世紀なかばシャルル・ボードレール(Charles Baudelaire 一八二一—六七)がポーに魅了され、彼の作品を翻訳し、フランスに紹介して以来、フランスの詩人や作家たちは何らかの形でポーの影響を受けてきた。それは二〇世紀、伝統的芸術や文学から抜け出て新しい方向性を目指した、いわゆる前衛運動と呼ばれるシュルレアリスムにおいても同じだ。シュルレアリスムの提唱者であるアンドレ・ブルトン(André Breton 一八九六—一九六六)は、運動開始以前からポーを高く評価し、『シュルレアリスム宣言』(*Manifeste du surréalisme* 一九二四)をはじめとする多くのテキストにおいてポーに言及している。そして大戦間期から構想され、戦時中発禁処分となり、戦後には増補版を重ねるという複雑な経緯を持つ『黒いユーモア選集』(*Anthologie de l'humour noir* 一九四〇—五〇—六六)においても、ポーの作品は構想段階から収録が予定されていた。[1] ただし、ジャクリーヌ・シェニウ゠ジャンドロンが指摘するように、ブルトンのポーに対する評価には「浮き沈み」のようなものがある(Chénieux-Gendron 113)。そこには、若きブルトンが師と仰ぎ、私生活でも父親のように慕った詩人ポール・ヴァレリー(Paul Valéry 一八七一—一九四五)の影響があるように思われる。医学の道に進んだものの、詩人になる夢を捨てきれなかったブルトンにとって、創作活動を停止し、数学や思索に没頭していたヴァレリーは神秘的な存在だった。思い切って手紙を書いたブルトンをヴァレリーは迎え入れ、惜しみなく助言を与えた。しかし、同時にブルトンはギヨーム・アポリネール（Guillaume Apollinaire 一八八〇―一九一八）などの新しい傾向にも惹かれていた。そしてヴァレリーが沈黙を破り、ブルトンには古典的に見える詩を発表したことで、彼はヴァレリーと距離を取り始め、最終的にヴァレリーがアカデミー・フランセーズに選出されたことを機に、関係は終わってしまった（Breton 3 : 432-434）。

このヴァレリーがポーに重大な影響を受けたこともよく知られている。ロイス・デイヴィス・ヴァインズによれば、『ユリイカ』（"Eureka" 一八四八）と出会ったことで、ヴァレリーは「作動する脳髄の美」というテーマを発見するとともに、科学に対していっそう強い関心を持ち、彼の詩に影響を与えた（ヴァインズ 二六四）。松田浩則は、若きヴァレリーにとってポーが「知的な偶像」の一人であったことや、「ムッシュー・テストと劇場で」（*La Soirée avec Monsieur Teste* 一九一九）の登場人物の一人が構想の初期の段階では、「モルグ街の殺人」（"The Murders in the Rue Morgue" 一八四一）の登場人物の名デュパンであったと指摘している。(2) ちなみに、ヴァレリーの師であったステファヌ・マラルメ（Stéphane Mallarmé 一八四二―九八）もまた、ポーに影響を受けた詩人である。彼はポーの作品をよりよく理解するために英語を学び、のちに英語教師として生計を立てながら詩を創作した。また「大鴉」（"The Raven" 一八四五）をはじめとするポーの翻訳にも取り組み、「エドガー・ポーの墓」（« Le

Tombeau d'Edgar Poe »一八七六）という追悼詩も書いている。このようにマラルメ、ヴァレリー、ブルトンという師弟関係の系譜にはつねにポーが介在していたのだ。ヴァレリーはどのような点でポーを愛したのか。またそれをブルトンはそれをどう受け止めたのか。ブルトンはどのようにポーを評価し、今を生きる私たちにこの作家のどのような魅力を伝えようとしたのか。本稿ではまずヴァレリーとブルトンにおけるポーの受容を比較・対照したうえで、短いものの示唆的な『黒いユーモア選集』におけるポーの紹介文を分析し、彼がどのような観点でポーを読もうとしたのかを明らかにしたい。

一・前衛／後衛における〈ポーの位置〉

今から紹介していく、ヴァレリーによるポーの批評には、彼がポーに対して抱いていた次の三つのイメージを認めることができるだろう。一つは、近代詩への移行に重要な貢献をした詩人であるというイメージ。第二に、緻密な計算と理想によって純粋詩を発明した詩人というイメージ。最後に、科学的・数学的知識でもって宇宙の真理に到達しようとする探究者としてのイメージだ。文学史におけるポーの役割については、モナコでの講演が元になった「ボードレールの位置」（*Situation de Baudelaire* 一九二四、以下「ボードレール」と記す）において展開されている。これは本来、ヴィクトル・ユゴー（Victor Hugo 一八〇二―八五）をはじめとするロマン派詩人とマラルメといった象徴派詩人のあいだにボードレールを位置づけるテクストであるが、実際は講演の一部がポーに割かれており、ヴァレリーは、ポーとボードレールの関係について次のように語っている。

ポーはボードレールに、新しく深遠な思考のシステムを丸ごと渡します。ポーはボードレールを啓蒙し、豊かにし、多くの主題に関する彼の意見を決めてやります。つまり、構成＝詩作の哲学、人工的なもの（artificiel）についての理論、近代的なものに対する理解と非難、例外的なものとある種の奇妙さ（étrangeté）の重要性、貴族的態度、神秘性、優雅さと正確さへの好みなどがあり、政治さえも含まれます……。ボードレールはまるごとポーに浸透され、彼から霊感を受け、彼によって深められます。

しかし、こうした財産と引き換えに、ボードレールはポーの思想に際限のない広がりをもたらします。ボードレールはポーの思想を未来へと提示するのです。（ヴァレリー「ボードレール」二五五）

あたかもポーがボードレールに憑依し、ボードレールの内部で生まれ変わり、生き延びたかのような表現だ。ポーはボードレールに近代性にかんする問題体系について霊感を授け、そしてボードレールはポーの思想を進化させることで近代詩を誕生させた。つまり、ボードレールを介して〈ポーの現在性〉は生き続けたのである。

さらにヴァレリーはボードレールが啓示を受けたとされる、ポーの「詩の原理」（"The Poetic Principle" 一八五〇）を参照しつつ、詩に対するポーの思想を紹介していくのだが、ヴァレリーが着目した点は〈分析〉と〈純粋化〉という二つの作業に分類することができる。前者は「効果の論理とメカニズムを熟慮して用いるような分析」（ヴァレリー「ボードレール」二五四）のことで、この分析によって手法や構成が決定されるだけでなく、科学的小説や犯罪小説など多彩な物語ジャンルが発明されることになった。詩作品においても、「一詩篇の効果の心理的条件」を分析することで、詩の規模（大きさ）が重要であることを発見した（ヴァレリー「ボードレール」二五八）。もう一つの〈純粋化〉とは、ポーが詩の内容を再検討する過程で、教訓や歴史、倫理といった内容を伝えるさまざまなジャンルの詩を散文で間に合うものとして排除していき、最終的に詩固有の目的を持ち「純粋状態で *à état pur*」で生まれる詩こそ近代詩と考えたことにある（ヴァレリー「ボードレール」二五八）。このように、ヴァレリーはポーの分析と純粋化によって「絶対詩 (*poésie absolue*)」が定義されたと説明する（ヴァレリー「ボードレール」二五四—二五八）。

一方、ヴァレリーの「ポーの『ユリイカ』について」（« Au sujet d'Eureka » 一九二三）というテキストでは、ポーの探究者としての側面が論じられている。ヴァレリーは、『ユリイカ』を数学の説に基づく抽象的な詩であると述べ、「宇宙創造論（*cosmogonie*）」であると評している（ヴァレリー

〔『ユリイカ』について」一六四〕。彼はまた、ポーの理詰めの宇宙（univers）の根底に「神」が見え隠れすることも認めつつも（「ここにはひとりの神様がいるわけである」〔ヴァレリー「『ユリイカ』について」一五七〕）、ポーの神秘主義的思想よりも、『ユリイカ』の制作をつうじて彼が発見した「一貫性（Consistance／consistency 原文には両方の語が記載）」（ヴァレリー「『ユリイカ』について」一五五）という概念を作品の意義として捉えている。ヴァレリーによると、ポーの宇宙の構成要素は均整（symétrie）によって配置されており、その均整が一貫性を持っていることで、構成要素の位置交換すら可能であり、この均整によって配置された自然の構成要素と人間の精神構造には、アナロジーの関係があるとされる（ヴァレリー「『ユリイカ』について」一五五―一五七）。こうしてヴァレリーは、ポーが追求した真理は人間の精神から自然までが一貫した均整によって同じ構造を見せる美しい宇宙の姿であることを示した。科学や知性を重んじつつ、壮大な世界観とその真理を探求した詩人、それがヴァレリーの描いたポーの姿であった。

それではブルトンはポーに対してどのようなイメージを抱いていたのか。シュルレアリスム運動を始める以前、雑誌『文学』（*Littérature*）の一九二一年一八号に掲載した「総決算」（« Liquidation »）（*Littérature 6*）に最初の痕跡を見出すことができる。これは仲間でおこなった遊戯的活動の一つで、学校の評価にならい古今東西の人物についてプラス二〇点からマイナス二五点までの点をつけた表だ。ブルトンはポーに対して一五点を与えている。この点数がブルトンに決定的な影響を与えたヘーゲル（G. W. F. Hegel 一七七〇―一八三一）やヴァレリーに与えられた点数と同じであることを考慮すると、彼がポーを高く評価していたことがわかる。『シュルレアリスム宣言』では、ブルトンはポーをシュルレアリスムの先駆者の一人に挙げている。このテキストにはシュルレアリスムの精神を共有する先駆者の一覧が「○○は○○においてシュルレアリストである」という形式で列挙されており、ポーは「冒険においてシュルレアリスト」であるとされている（Breton 1 : 329）。ただし、理由が示されていないため、なぜ「冒険」という言葉が選ばれたのかは不明である。ポーの「ハンス・プファールの無類の冒険」（"The Unparalleled Adventure of One Hans Pfaall" 一八三五）といった小説名から着想を得た可能性もあるが、他に列挙された先駆者について、彼らの生き方を連想させる表現が選ばれていることから、ポーの破天荒な生涯から連想された可能性もある。また、ブルトンが同じく先駆者に挙げた、ボードレールの「エドガー・アラン・ポー、その生涯と作品」（« Edgar Poe, sa vie et ses œuvres » 一八五二）の一節（「ポーは本当に情熱と冒険の子どもであった」[Baudelaire 27]）のオマージュとして解釈することもできるだろう。

この先駆者のリストはのちに数回更新され、「シュルレアリスムとは何か」（« Qu'est-ce que le surréalisme? » 一九三四）では、ついにポーの名前が消えてしまう。その予兆となるのが『シュルレアリスム第二宣言』（*Second manifeste du surréalisme* 一九三〇）だ。このマニフェストでは多くの先駆者や仲間が糾弾されており、最初の『宣言』では逆説的な意味で「モラルにおいてシュルレアリストである」と称賛され、先駆者として挙げられたボードレールもキリスト教を信仰したかどで責められている。ボードレールが日記に家族や神、またポーに毎朝祈りを捧げることを「不変の規則」と記していたことが、反教条主義の立場をとるブルトンには許せなかったからだ。そしてポーはそのあおりを受けてしまう。

> 神に祈りを捧げる？　ポーに祈りを捧げる？　今日、推理小説雑誌において、あまりにも当然のこととして、（シャーロック・ホームズからポール・ヴァレリーにいたるまでの……）科学的警察の師匠とみなされているポーに？　警察の、とはいってもやはり警察の類型を知的に魅力的な形で提示すること、世間に警察の手法を恵んでやることは恥ではないのか？　ついでにエドガー・ポーに唾を吐きかけよう。（Breton 1 : 784）

ここでポーは警察という権力装置に貢献したという点で非難されているのだが、それよりも驚くのはシャーロック・ホームズと同列に唐突に挙げられるヴァレリーの名前だ。すでに先行研究を紹介したとおり、ヴァレリーは一般的に散文小説を高く評価していなかったと理解されているようだが、実際はポーの推理小説を楽しんでいた。「ボードレールの位置」においても小説は肯定的に取り上げられている。ヴァレリーの名前を引き合いに出すことは、いかにブルトンがヴァレリーをよく理解していたかを裏付けるとともに、ボードレールにはじまりポーとヴァレリーを「ついでに」糾弾することで、彼はヴァレリーによるボードレールやポーのイメージを葬り去ろうとしたのだ。

このポーに対するブルトンの否定的な見解は、戦後に出版した雑誌『メディウム *Médium*』(一九五三年一一月)に掲載された「扉を開けますか?」(« Ouvrez-vous? »)にも見出すことができる。これは「総決算」と同じ集団遊戯の一種で、参加者が過去の偉人が死者のように戻ってきたら扉を開けるか(受け入れるか)を答えるものだ。ブルトンはここでもポーを挙げて「ポー—— 開けない(探偵的側面)」(Breton 3 : 1101)と答えている。ドアを開けると探偵(警察)のように詮索されてしまうというユーモアに満ちた発言だが、戦後においてもポーの名前を列挙するところにブルトンのポーに対する〈留保付き愛着〉が生涯健在であったことがよくわかるエピソードだ。

ところで〈知性的探究者〉ではなく〈冒険者〉としてのポーを評価したブルトンであるが、他にも肯定的に評価している点がある。それはポーが狂気や異常性に関心を抱いていたことだ。「シュルレアリスムと絵画」(«Le Surréalisme et la Peinture» 一九二八)では、「マルジナリア」(“Marginalia” 一八四四—四九)が二度引用されており、その一つはポーがある時代の天才の痕跡を探すために「誠実で偉大な人物たち」の伝記ではなく、「牢獄や、精神病院や、絞首台で死んだ不幸な死者たちが残したいくつかの回想」を探すことを提案する部分だ(Breton 4 : 392-393)。また「狂人の芸術、野をひらく鍵」(« L'art des fous, la clé des champs » 一九四八)と題されたエッセイのなかで、ブルトンは知り合いの医師ガストン・フェルディエールが講演の冒頭で「エレオノーラ」（*Eleonora* 一八四一）の一節「人々は私を狂人と呼んだ。しかし科学は、狂気がもっとも高度の知性なのかあるいはそうでないのか、まだ決定するにはいたっていない」を引用したという挿話を紹介している（Breton 4 : 728）。いずれにおいても、ブルトンが選んだのは、ポーが犯罪者の異常な心理や、世間が狂気と呼ぶ精神状態を創造の源や天才性と関連づけている部分である。これはシュルレアリスムにおいて狂気が否定的に捉えられていないことに呼応する。たとえば、『宣言』においてブルトンは精神病患者が「みずからの想像力の犠牲者」で「自分たちの想像力から大きな慰めをくみとっており、しかも自分の錯乱を満喫している」と表現しており、「狂人たちの打ち明け話、これをさそいだすためなら、一生をついやしてもいいくらいだ」とまで断言している（Breton 1 : 312-313）。シュルレアリスムが獲得しようと目指す現実、すなわち超現実は、合理主義的思考に隷属した精神には到達できない。そこで想像力によって精神を解放する必要がある。狂気とは想像力が完全に解き放たれた状態であると同時に、現実（理性の世界）に戻れない状態でもある。危険はあるものの、狂気は想像力の源を共有する重要な鍵なのだ。

さらに別のところでは、ブルトンはポーを反抗の象徴として表現している。ヴァレリーがポーの緻密さや知的努力を称賛したように、ブルトンもポーの努力は認めているものの、彼はむしろポーの努力を〈反抗〉という主題に結びつけようとする。「マルセル・デュシャン『花嫁』の灯台」（«Marcel

Duchamp, *Phare de "La Mariée"*》一九三四)のなかで、ブルトンは「構成の原理」("The Philosophy of Composition" 一八四六)を「もっともやっかいな美学的計算に価値を与えてしまったテクスト」(Breton 4: 452)だと揶揄しつつも、ポーの独創性にかんする見解を称賛する。それは、独創性が一部の天才を除けば、「本能や直感」あるいは「発明の精神」からではなく、「否定の精神」によって苦労して獲得されるという考えだ。ブルトンはこの否定という語を伝統的な表現や主題の反復に対するもの、あるいは倫理的拒否であると解釈する(Breton 4 : 452-453)。つまりブルトンはポーが制作に計算や分析を用いたことを〈知的な行為〉ではなく、〈既存の手法や芸術家としての生き方に対する拒否・反抗〉として評価するのだ。この視点は、ファシズムや戦争においても独創性を維持するべく、精神の自由を訴える「独創性と自由」(《Originalité et liberté》一九四一)というテキストにも引き継がれている。ブルトンはこのテキストのなかでシュルレアリスムに繋がる「不可侵なる抵抗の系譜」を提示しているが、そこにシュルレアリスムの先駆者のリストからは消えてしまったポーの名が復活しているのだ(Breton 3: 179)。

〈冒険者〉、〈異常性への関心〉、〈反抗の精神〉、ブルトンが提示するこの三つのポーのイメージは、『黒いユーモア選集』のなかで一つの完成されたポーの姿として結晶化している。ブルトンが収録に選んだテキストは「不条理の天使」(*L'Ange du bizarre*, "The Angel of the Odd")の抜粋だけであるが、紹介文には「天邪鬼」(*Le Démon de la perversité*, "The Imp of the Perverse")もまたユーモアを体現する作品として挙げられている。さらにこの紹介文の興味深い点は、このテキストが、ブルトンのヴァレリーに対する間接的な返事と解釈できることなのだ。

『選集』の紹介文を見ていこう。冒頭でブルトンはポーの「構成の原理」においてヴァレリーが重要視した「効果の論理とメカニズムを熟慮して用いるような分析」に関連する文章を引いたうえで、次のように述べている。

たとえ本人がそう主張したとしても、ポーが作品のなかでしばしばこの厳密さを捨て、気まぐれな思いつきを思う存分表現していたことは認めねばならない。人が今まで何と言おうと、人工的（artificiel）なものと異常なもの（extraordinaire）に対する彼の嗜好は、多くの場合、彼の分析の意思を上回っていた。彼が偶然を愛する人間でありながら、表現の偶然を考慮することを好まなかったということがよく理解されていないのだ。もう二〇年ほど前のことだが、私はヴァレリー氏との会話のなかで、彼が「不可解な事象（étranges）」と呼ぶものと「奇妙な事象（bizarres）」と呼ぶもののあいだにもっともらしい区別（distinction spécieuse）を打ち立てようとしたことを覚えている。彼は前者のみを気に入っていて、ポーは当然このカテゴリーに含まれていた。彼はジャリといった他の者たちについては、外見でことさら自分たちを目立たせようと気にしていると非難していた。（Breton 2 : 944）

効果の分析、人工的なもの、奇妙さ……、これらはすべてヴァレリーがポーの評論に用いた表現である。さらに唐突に、ブルトンはヴァレリーとの過去の親密さを暗示する思い出を語り始める。この引用で用いられている « étrange » や « bizarre » という形容詞は（引用は名詞として使用）、いずれも「奇妙な」という意味を持つが、前者がラテン語 extraneus（外部の・外国の）に由来し、「理解できない」「謎めいた」というニュアンスを含むのに対して、後者はイタリア語 bizzarro（気まぐれな、風変わりな）を由来とし、突飛さを表す。ブルトンが「もっともらしい」という表現を用いていることからもわかるとおり、彼はこの二つの語に優劣をつけようとしたかつての師の考えを暗に否定する。この両者の意見の不一致を理解する鍵となるのがこの引用に登場しているアルフレッド・ジャリ（Alfred Jarry 一八七三―一九〇七）の名前だ。ジャリは作品の不条理さや死を急ぐかのような荒れた生活を送ったことから、シュルレアリスムをはじめとする前衛の偶像であった。ヴァレリーが非難したのは、まさに前衛が奇を衒うような突飛さに価値を置く前衛的美学なのだ。

この挿話に見出される両者の価値観の相違を確認するために、ミシェル・ジャルティの示唆に富んだ論考を紹介しておく。彼はブルトンら前衛と象徴主義とに対するヴァレリーの態度を分析し、ヴァレリーを前衛と後衛のあいだに位置づける。そして議論を展開させる過程で、ジャルティは二人の間のやりとりをいくつか紹介しているが、これらのエピソードから読み取れることは、ヴァレリーが前衛の新しさを認めるものの、それを美とは認めなかったことだ。なかでも、ヴァレリーが前衛を批判したのは、計算された方法で感動を呼ぶ古典作家とは異なり、前衛の詩人たちの感動を引き起こすやり方が偶発的・直接的であったからであるというジャルティの指摘は、まさにブルトンの回想を想起させる（ジャルティ 八四）。

ジャルティの見解を踏まえると、ブルトンがポーを紹介するうえで、わざわざヴァレリーとの思い出を語った意図がいっそう明確になる。ブルトンはポーの批評という形で、かつての師との対話を再現しつつ、前衛と後衛における美に対する立場の違い——おそらく当時はしなかった彼の反駁と返答——を私たちに伝えているのだ。それはもはや『第二宣言』で彼が見せた攻撃性でも、一般的に理解されている両者の対立（あるいはブルトンの一方的な拒否）を表すものでもない。「偶然を愛する人間でありながら、表現の偶然を考慮することを好まなかった」、「しばしばこの厳密さを捨て、気まぐれな思いつきを思う存分表現していた」という表現からもわかるとおり、ブルトンはポーという一人の作家のなかに、ヴァレリーが愛した厳密さを追求する古典的・後衛的な欲望と、偶然を愛し、過剰な想像力や異常性に惹かれている前衛的な欲望が共存していたと考えていた。このようにブルトンは、ヴァレリーが提示したポーに対するアンチテーゼを示すとともに、二つの像の統合によって〈ヴァレリーによるポー像の乗り越え〉を提示しようとした。彼が〈ポーの現在性〉として私たちに伝えようとするのは、まさにこの矛盾を抱えた詩人の姿なのだ。

二、崇高なるユーモアへ

それではポーの作品が生み出すユーモアとはどのようなものなのか。そもそも「黒いユーモア」とはどのようなものか。この独自の概念を打ち立てるために、ブルトンはヘーゲルとフロイト（Sigmund Freud 一八五六―一九三九）を理論的な支えとした。それぞれの概念は複雑なものであるが、『選集』の序文「避雷針」を中心に、彼が紹介する範囲で特徴を確認しておく。ブルトンが引用している部分を要約すると、ヘーゲルの「客観的ユーモア」は、精神が外的世界の観想に集中する場合、ユーモアが本来持つ「主観的で内省的な性格」が維持されたまま、この主観性が現実世界の客体に浸透し、ユーモアが客観性を獲得することを意味する（Breton 2 : 870-871）。一方、フロイトのユーモアについては、ブルトンは次の部分を引用している。

> ユーモアは、機智や滑稽さと同類の、人々を解放させる何かを有しているだけでなく、崇高で高尚な何か（*quelque chose de sublime et d'élevé*）を有している。〔…〕崇高というのはもちろんナルシシスムの勝利、すなわち勝ち誇って明確に表れる自我（*moi*）の不死身さに由来する。自我は外的な諸々の現実の事象によって傷つけられ、苦しみを負わされるままになることも、外

の世界によって受けたトラウマの打撃を受けることにも同意しない。それどころか、自我はそれらのトラウマが自分にとって快楽の機会になりうることを見せようとさえするのだ。〔…〕私たちはこの微弱な快楽が、とくに私たちを解放し（libérer）、私たちを高揚させる（exalter）能力があるものとして感じる。（Breton 2 : 871-872）

フロイトのユーモアは、自我が現実世界における苦しみや痛みに背を向け、自分を守るために、なんらかの形で痛みを快楽へ変換するという作用によって、あるいは「痛みによって必要とされる消耗の軽減」（Breton 2 : 872）から生まれる。さらにこの引用で興味深いのが「崇高 sublime」という語だ[3]。崇高は語源的に高みへの上昇運動を指す。このイメージから出発し、崇高は古代から、修辞学、美学、哲学、文学とあらゆる分野において論じられてきた。たとえば修辞学における聞く者を魅了し、魂を奪うような言説や（ロンギノス Longinus　生没年不詳）、グロテスクなものの裏返しとして存在する崇高さ（ヴィクトル・ユゴー）、美学における恐怖と官能の入り混じった「甘美な恐怖 horreur délicieuse」（エドマンド・バーク Edmund Burke　一七二九—一七九七）などが知られている。これらに共通する点は、崇高には人間を忘我状態にし、地上という現実から引き離し、高みへと連れて行くような高揚感を与えるというポジティブな点と、その代償として理性や命を奪うという死のリスクも暗示するというネガティヴな点が共存していることだ。引用の「高尚な élévé」は「持ち上げる élever」の過去分詞であり、

「高揚させる exalter」は「高い altus」を含んだラテン語の動詞「exaltare（高くする）」を語源とする。ブルトンの選んだこの引用は、崇高の意味作用で満ち溢れているのだ。

ヘーゲルとフロイトのユーモア以外に、もう一つブルトンが説明していない重要な要素がある。それは「黒い」という形容詞である。彼がこの形容詞を選んだ理由はいくつか考えられるが、その一つに彼が愛した文学ジャンル「暗黒（恐怖）小説 roman noir」との関係があるだろう。『選集』の執筆とほぼ同じ時期に発表された「シュルレアリスムの非国境的境界」（« Limites non-frontières du surréalisme » 一九三七）において、暗黒小説は模倣に頼らない手段でもって「一八世紀のヨーロッパを支配する社会不安」（Breton 3 : 667）を表現しており、読者の関心が「ノスタルジーと恐怖の周辺で展開する混乱した感情の表現」（Breton 3 : 666）に注がれたと説明されている。さらに、ブルトンはこの現象を「快感原則がこれほど明白に現実原則に反撃することはなかった」とも表現している（Breton3 : 666）。フロイトのユーモアと暗黒小説の共通点は、いずれも自我を痛めつけたり、縛り付けたりするような現実原則からの解放にあるだろう。しかも痛みや恐怖といったネガティヴな感情が人々を魅了し、笑いへと繋がるポジティブな感情に変換されるという共通点もある。

「客観的ユーモア」と「暗黒小説」にも共通点がある。それは模倣芸術に対するブルトンの拒否だ。三〇年代、ファシズムをはじめとする全体主義が台頭していくなかで、ブルトンは社会主義レアリズムやプロパガンダ芸術が頭角を表している状況に警戒していた。最初に「客観的ユーモア」に言及した「詩の貧困」（« Misère de la poésie » 一九三二）においても、芸術を目的化し、現実の事象を模倣するだけの「状況詩 « *poème de circonstance* »」には「明日がない」と批判している（Breton 2 : 21）。「客観的ユーモア」は、芸術家が外界を凝視すると同時に、主観を外的形式に浸透させるという主観と客観の融合が基本となっているが、暗黒小説も現実の模倣に頼らず、想像力溢れるフィクションをつうじて、作家たちが抱く社会不安を描き出しているという点で評価されているのだ。最後に暗黒小説も崇高の伝統と無関係ではないことを述べておきたい[4]。「シュルレアリスムの非国境的境界」で、ブルトンはマルキ・ド・サド（Marquis de Sade 一七四〇—一八一四）の「小説論」（« Idée sur le roman » 一八〇〇）を紹介している。引用こそされていないが、この論考のなかでサドは「美徳が悪徳に打ち負かされる」場合や「魂が不可避的に苦痛に引き裂かれる」場合、あるいは不幸な結末など、読者が苦痛や痛みを感じる時こそ、彼らは「過剰に」感動し、「甘美な涙 larmes délicieuses」を流すと考えている（Sade 115-116）。他者が苦しむ姿を見ることで快楽を得るという読者の倒錯的欲望を表すこの「甘美な涙」はバークの「甘美な恐怖」と共鳴している。このようにヘーゲル、フロイト、暗黒小説、これらの要素が「黒いユーモア」を構成しているのだ。それでは、ブルトンはポーの作品のどのような点を「黒いユーモア」だと判断したのだろうか。

『選集』におけるポーの紹介文のなかで、ブルトンはポーという詩人そのものがユーモアの源泉だとする解釈を示している。たとえば、マラルメが表現するポーの神秘的な容姿（「悪魔そのもの！

その不安気で、目立たない、悲劇的で陰鬱なおしゃれ」）を紹介しつつ、ブルトンはアポリネールがポーに見出した「バルティモアのすばらしい酔っ払い」という姿もまた、ポーに見出すことが可能であると言い（Breton 2 : 944）、さらに、ボードレールの「エドガー・アラン・ポー、その生涯と作品」のなかで、天才詩人であるポーと、酔っ払って街をうろつくポーという同一人物の対象的な姿が描かれていると指摘し、「このような矛盾はそれだけでユーモアを生み出すのに十分だろう」と述べている。ブルトンまた、このボードレールのテキストの「文学上のうらみつらみ、無限なものへのめくるめき、家庭生活上の苦労、貧しさゆえの屈辱、それらすべてから、ポーは墓の闇の中に逃れるようにして、泥酔の闇の中へと逃れようとした」（Breton 2 : 944-945）という文も引用している。つまり、完璧さを追求する才能あふれる詩人、あるいは神秘的な容姿と、惨めな酔っ払いという対照的な外観のうちに、彼が抱える現実世界への呪詛や苦痛、そして相反する欲望の葛藤という暗い要素が浸透されていることを見抜いたからこそ、ブルトンは彼の作品を「黒いユーモア」と認めたのではないだろうか。また、酒に頼る行為は、現実から逃避させるだけでなく、理性の抑制から解放され、〈偶然や異常性、狂気を愛する人格〉を解放させる効果があっただろう。この解釈を裏づけるように、ブルトンの選んだ二つの作品は、いずれもポーに見出された葛藤が共通の主題となっている。

それでは実際にポーの作品を見ていこう。「不条理の天使」についてブルトンは「並外れた論理的能力や気高く知的な姿勢といったものと酩酊の霧のあいだでいらだたしげに炸裂するユーモア」

(Breton 2 : 945) と述べている。この表現からも、ポーのユーモアは矛盾する人格を抱えた詩人の姿そのものだとブルトンが考えていることがよくわかる。収録された「不条理の天使」の抜粋は作品の前半であり、理性的で知性のある人物と自認する主人公の「わたし」が、酩酊状態において「不条理の天使」と出会うまでの部分である。酒樽でできたような風貌と呂律の回らない口調から、読者はこの天使が主人公による想像の産物であると容易に理解できる。この天使が現れるのは、吹矢を吹こうとして、誤って息を吸ってしまったために死んでしまった、愚かな男にかんする三面記事を読んで、「わたし」が次のように叫んだときだ。

やつらは［＝記者］、欺されやすい世間をいいことにして、起こりそうもない出来事――つまり、やつらが〈不条理な事件（*accidents bizarres*/odd accidents）〉と称するものをでっちあげることしか考えていない。しかし反省能力のある知性〔…〕、ぼくのような思惟する悟性をもっている人間にとっては、〈不条理な事件〉の記事が最近こんなに頻繁にあらわれるという事実こそ、なにより不条理な事件なんだ。ぼくとしては今後、多少とも〈数奇な（singulier/singular）〉ところのある事件は一切信じないことにするよ。(Poe, *Tales & Sketches* 1101-1102)

自らを合理的精神の持ち主だと認識する主人公は、自分の精神の理解を超える« bizarre »や« singulier»

といった〈普通ではない突飛なこと〉はでっち上げにしかすぎず、存在していないと自分に言い聞かせる。まさにそのとき、もう一人の人格である「不条理の天使」が登場して主人公の考えを否定する。そして天使の存在を受け入れようとしない主人公に悪夢のような不条理の連続を体験させていく。ブルトンの眼には、この主人公の葛藤がポーの葛藤そのものに映っただろう。さらに補足すると、『選集』に収録されていない部分のなかで、天使が自分を「偶然の運命を司る霊であり、不条理な出来事をおこしてたえず懐疑家たちを狼狽させることが職務」であると語っている部分がある（Poe, *Tales & Sketches* 1104）。これは、先ほど紹介したように、ブルトンがポーの人格について「偶然を愛する」という表現と呼応しており、私たちの解釈の正当性を確認することができる。

とはいえ、『選集』で収録された内容はここまでである。そこで、ブルトンがその後の内容をどう読んだのか、その可能性についても考えてみよう。作品の後半におけるユーモアの要素は三つある。第一に、主人公が天使を信用しないので、天使が自らの存在を認めさせるために〈不条理な事件〉が次々と主人公に襲いかかるように仕向ける点だ。自宅の保険の更新を失敗し、眠り込んだところ火事で家が消失、逃げようとして梯子から落下して怪我、頭髪が燃えて失われ、人生のパートナーを探そうと結婚を考えるが女性に逃げられる……ついに入水自殺を試みるも、鳥に衣服を奪われ、追いかけているうちに崖から飛んでしまう。すでに引用したように、ブルトンがポーのユーモアについて「いらだたしげに炸裂するユーモア」と形容したとおり、この不条理でなおかつ不幸な出来事の連鎖が、読者に小さな快楽を与えていく。第二に、結末によって物語全体の解釈が変化するという作品の構造もまた、ユーモアを生み出す。崖を飛び越えるという物語の最高潮で、再び天使が現れる。主人公は天使に不条理な事件の存在を認めることを誓おうとするが、天使が綱を切ってしまい、主人公は落下してしまう。ここで読者はおそらく最大の不安と緊張に襲われるが、主人公が意識を取り戻し、自分が自宅にいたのだと気づく場面で、読者は安堵する。この恐怖と緊張の急激な軽減がまた、笑いを増大させるのだ。第三の要素は、上昇と墜落という動きによる感情の増減の効果だ。気球の綱へと飛び移るまでの不条理の連鎖は、物語が描く高みへの上昇運動に伴い、読者を不安と高揚で夢中にし、現実から乖離させる。しかし、綱が切られる瞬間、主人公とともに読者も落下し、現実に戻るのだ。この物語は、典型的な崇高なるユーモアの一例なのだ[5]。

それでは抜粋は収録されていないものの、黒いユーモアの例として挙げられている「天邪鬼」はどうだろうか。この作品についてブルトンは「病的な状態によって際立つ人間の支離滅裂な言動の周辺を、もっとも暗鬱な形態のもとで漂うユーモア」を表していると評している。「不条理の天使」と同じく、この作品の主人公「わたし」もまた、相反する二つの欲望のあいだで葛藤している。幸福な生活を追求する合理的思考の人物でありながら、主人公は自己や他者を破滅させたいという衝動を抱えており、自分の内部にあるこの矛盾した欲望を「天邪鬼」と名づけている。彼はまさにこの「天邪鬼」によって殺人を犯し、しかも自分を破滅させると理解していながら、この「天邪鬼」によって、自分の犯罪を告白してしまう。その結果、彼は死刑囚として翌日に刑を待つ身となってしまうのだ。このように、この作品においても一人の人間が抱える相反する人格の葛藤という主題が見られるのだが、その他に注目すべき点がある。それが刑の執行を前にして狂気に近づいていく「わたし」の独白だ。その場面では、「不条理の天使」と同じように高みと墜落の主題が現れる。主人公は自分を崖の突端にいる人間に喩え、「恍惚たる恐怖感（the delight of its horror）」（Poe, *Tales & Sketches* 1223）を感じ、安全な場所に引き返そうと思うが、それができないでいる。それどころか、自分が転落することを想像して「醜悪な死態と苦痛」（Poe, *Tales & Sketches* 1223）をイメージすればするほど、転落したいという欲望を抱き、さらには「断崖の突端に立ち、恐怖に震えながら、なお飛び降りを考えているこの人間の情熱ほど、世にも悪魔めく強烈な感情というものがあるだろうか」（Poe, *Tales & Sketches* 1223）と読者に問いかけるのだ。このようにこの作品は、自己破壊の衝動、あるいは精神分析でいえば、死の衝動が快感原則と結びつき、現実原則を超越するときに生まれる「恍惚たる恐怖感」に満たされる瞬間が描かれている。このある種「甘美な恐怖」に読者は慄きながらも、その快楽を追体験するだろう。物語の最後、主人公は天邪鬼から自由になる。しかし、それは「明日は、もう自由の身だ！――だが、どこでだろう、それは?-」（Poe, *Tales & Sketches* 1226）という悲惨さで締め括られる。ブルトンが「もっとも暗鬱な形態のもとで漂っているユーモア」と評したように、「天邪鬼」は「不条理の天使」とは異なり、主人公の悲惨な形での救済という結末を迎えるが、主人公の苦痛からの解放が、重苦しい雰囲気を維持したまま、読者の苦しみを軽減するタイプのユーモアを生み出している。このように「不条理の天使」がポーの人となりを表すとすれば、「天邪鬼」もまた、異常性に惹かれるポーの一面を表すとともに、〈崇高なるユーモア〉を体現しているのだ。

結論にかえて――崇高なる詩人の系譜

今まで見てきたように、ブルトンにおけるポーの受容は、ヴァレリーによるポーの受容の乗り越えと「ポーの位置」を更新するものであった。これは前衛/後衛の審美的基準の違いに由来していた。ヴァレリーを魅了したポーの理性的人格が、破壊的衝動によって覆される瞬間こそ、ポーの魅力であるとブルトンには思えた。そして、ポー自身が抱える陰鬱な葛藤こそが彼自身を「黒いユーモア」の体現者に変貌させ、作品においても、その葛藤や苦しみを〈崇高なるユーモア〉へと昇華させることに成功した。意図的かどうかは別としてブルトンが黒いユーモアとして選んだ二つの作品は、タイトルの「天使」と「悪魔」の対照が示すように対照的なユーモアを表現していた。「不条理の天使」は、主人公の命は助かるものの、惨めな現実に戻ることが笑いを生んだ。「天邪鬼」は、主人公が正気に戻った瞬間、死という現実によってしか救済されないという重苦しいユーモアを描いていた。そのほか、ブルトンの黒いユーモアはフロイトやヘーゲルだけでなく、サドの論考や暗黒小説の影響によって、崇高の伝統に間接的な影響を受けており、ポーの作品はこの「黒いユーモア」、すなわち〈崇高のユーモア〉を体現していた。

結論にかえて、ブルトンもまた崇高を表現した詩人であったことを紹介しておきたい。第一次世界大戦中、医学生だったブルトンはインターンとして医療施設に配属され、ある兵士に出会った。彼は、戦争は自分を騙すために周囲が仕組んだ舞台でしかないと信じ込み、銃弾にものともしない反応を見せたため病院に送られてきていた。ブルトンはこの兵士のことを散文詩「スジェ（Sujet［主語、主体、主題、患者を示す語］）」（« Sujet » 一九一八）で描いた。主人公の「わたし」は狂気のなかで、戦争の風景を「ジプシーたちによって目を回し、照明装置の列の間で、ワルツを踊るその一人の男は深紅の薔薇に手をやり、時おり倒れていた。舞台技術の力で、この間ずっと私は崇高の帝国 l'empire du sublime のもとに引き止められていた」（Breton 1 : 25）と語る。狂気によって戦場は美しい舞台に作り変えられ、血を流し死んでいく兵士は薔薇を持った踊り子に変貌する。ブルトンにとって狂気とは、理性から想像力を完全に解放し、主体を高揚させ、想像の世界へ誘うと同時に、現実世界から主体を引き離すという暴力性をも有している。この詩が描く戦場こそ、まさに伝統的崇高の経験を彷彿とさせている。ブルトンは狂気に魅了されながらも、完全に狂気に陥れば「崇高の帝国」から戻ってくることはできないという崇高の恐ろしさも理解していたのだった。

このように、ポーもブルトンも崇高なるものに魅了され、現実から切り離されることはないものの、狂気の生み出す崇高の瞬間に近づこうと自分の理想の詩学を探求したといえるだろう。ブルトンが幾度となくポーを取り上げるほど評価していた理由の一つには、この〈崇高に魅了された詩人〉という共通点があったからかもしれない。

＊一部の表記や書式については、一般的なフランス文学研究のものを下敷きとした。

【註】

（1）全集には一九三六年九月にブルトンがサジテール社の編集責任長に書いた手紙が収録されている。そこには『選集』のために選んだ作家のリストが記されており、ポーの名前も確認できる。（Breton 2 : 1761）

（2）松田浩則の解題を参照。（ヴァレリー「ポーの『ユリイカ』について」二九八―二九九）

（3）崇高についてはバルディーヌ・サン＝ジロンの研究を参考にした。（Saint Giron 1993）（Saint Giron 2005）

（4）ブルトンが運動の初期から影響をうけてきた暗黒小説にかんするキレンの論文にも、暗黒小説と崇高を関連づける批評が引用されている（Killen 133）。また彼は暗黒小説とポーの物語の関連性も暗示している。（Killen 207）

（5）ポーと崇高の関係ついては、西山けい子もさまざまな角度から論じている（西山 二〇二〇）。

【引用文献】

Ⅰ．ブルトンとポーの作品――ブルトンの作品は既訳を参考に執筆者が訳し、ポーの作品は既訳を用いた。

Breton, André. *Œuvres Complètes*. Gallimard, « Bibliothèque de la Pléiade », 1988-2008. 4 tomes.

Poe, Edgar Allain. *Tales & Sketches: volume 2: 1843-1849*. Edited by Thomas Ollive Mabott. University of Illinois Press, 2000.

---. "Le Démon de la perversité." *Nouvelles histoires extraordinaires*. Traduction par Charles Baudelaire. GF Flammarion, 2008, pp. 49-56.「天邪鬼」中野好夫訳、『ポオ小説全集４』丸谷才一他訳、創元推理文庫、二〇二〇年、一八八―一九七頁。

---. "L'Ange du bizarre." *Histoires grotesques et sérieuses*. Traduction par Charles Baudelaire. GF Flammarion, 2008, pp. 134-147.「不条理の天使」永川玲二訳、『ポオ小説全集４』丸谷才一他訳、創元推理文庫、二〇二〇年、九四―一〇六頁。

Ⅱ．その他

Baudelaire, Charles. "Edgar Poe, sa vie et ses œuvres." *Histoires extraordinaires*. Traduction par Charles Baudelaire. GF Flammarion, 2020, pp. 21-48.

Chénieux-Gendron, Jacqueline. *Le Surréalisme et le roman*. L'Age d'homme, 1983.

Killen, Alice M. *Le roman terrifiant ou roman noir de Walpole à Anne Radcliffe et son influence sur la littérature française jusqu'en 1884*. 1924. Slatkine Reprints, 2000.

Sade, Marquis de. « Idée sur le roman » dans *Les Crimes de l'amour*. Gay et Doucé, 1881.

Saint Girons, Baldine. *Fiat lux : Une Philosophie du sublime*. Quai Voltaire, 1993.

―. *Le sublime : de l'Antiquité à nos jours*. Desjonquères, 2005.

Valéry, Paul. "Au sujet d'Eureka." *Eureka*. 1923. Traduction par Charles Baudelaire. Gallimard, 2019, pp. 230-243.（ヴァレリー、ポール「ポーの『ユリイカ』について」東宏治訳、『ヴァレリー・セレクション（上）』東宏治・松田浩則編訳、平凡社、二〇〇五年。

―. *Situation de Baudelaire*. Principauté de Monaco. Société de Conférences, 1924.「ボードレールの位置」『ヴァレリー集成III〈詩学の探求〉』田上竜也・森本淳夫編訳、筑摩書房、二〇一一年、二四一―二六八頁。この作品には版がいくつかある。原文は主に初版を参照し、引用には異同に注意しつつ邦訳を用いた。なお邦訳はRevue de France誌（一九二四）に掲載された版を底本とし、諸版を校合したものとされる。

"Liquidation." *Littérature*, mars 1921(n°18). Réimpression fac-similé. Jean-Michel Place, 1978, pp. 1-7.

Tracts surréalistes et déclarations collectives (1922/1969): tome I (1922/1939). Présenté et commenté par José Pierre. Éric Losfeld, 1980.

ヴァインズ・ロイス、デイヴィス『ポオとヴァレリー――明晰の魔・詩学』山本常正訳、国書刊行会、二〇〇二年。

ジャルティ、ミシェル「前衛と後衛のあいだのヴァレリー」今井勉訳『前衛とは何か？ 後衛とは何か？ 文学史の虚構と近代性の時間』塚本昌則・鈴木雅雄編、平凡社、二〇一〇年。

西山けい子『エドガー・アラン・ポー――極度の体験、リアルとの出会い』新曜社、二〇二〇年。

第四章

何がポーに小説を書かせたのか

特殊と普遍のあいだ

高橋 俊

はじめに

本論文集はポーの文学に関する論文を収録したものだが、筆者の専門は中国現代文学である。今回、ありがたいことにこの論文集への執筆のお誘いをいただいたが、ポーに関してはいうまでもなく、完全な専門外である。専門外の人間に論じさせる場合、そこで期待されるのは研究対象を外から見ること、すなわち「相対化」だろう。「内部」の人間が当たり前すぎてつい見逃してしまうことに、「外部」の目から意見をいう（あるいは「突っ込みを入れる」）ことが求められているのではなかろうか。

ただその際、「外部」の者は往々にして、当該分野におけるこれまでの研究の蓄積を踏まえない、「空気の読めない」論を展開しがちである。門外漢ゆえに先行研究をきちんと踏まえることができないのはある程度は仕方がないだろうし、その「空気の読めなさ」がいい方向に働く場合もあるが、それが「素人のいいたい放題」に堕してしまっては、せっかくの論文集に傷をつけてしまう。

私としては、「素人のいいたい放題」にならないようにできるだけ気をつける形で、「門外漢」「専門外」としての利点を活かす形で、論を進めていきたい。

とはいえ、ポーについては、今までにも、そして本論文集にも、錚々たる研究者の優れた研究があり、私が屋上屋を架す必要もないだろう。ここでは、現在、筆者が研究を進めている「文学研究における再現性」という観点を中心に、ポー研究を他分野の研究手法から眺める、ということをおこなってみたい。かなり突飛だと思われるであろうが、現在、さまざまな研究分野で話題・問題になっている「研究における再現性」は、文学研究にとっても、決して対岸の火事とはいえないのである。

一．特殊性か普遍性か

アカデミズムにおいては、研究に大きく二つの方向性がある。一つは、対象の特殊性を検証する研究、もう一つは、普遍性・代表性を検証する研究である。(1)

文学研究に関しては、いわゆる「作家論」は、特殊性志向の研究といえるだろう。多くの作家論では、作家や作品を、他の作家・作品、そして「一般大衆」から際立たせる論じ方をする。「ポー論」にしろ「魯迅論」にしろ、ポーや魯迅の並々ならぬ経験が、彼らの唯一無二の性質を作り上げ、それが創作活動に導いたのだ、とする。たとえば「魯迅論」の場合、豊かな知識人家庭に生まれるも、祖父が科挙の不正に関わった罪で牢につながれたことから急激に家が傾き、魯迅自身が質屋通いをするまでになった、という経験が、しばしば取り上げられる。(2)この経験が、魯迅にあの冷徹な文学を書かせるようになったのだ、と結論づけるのである。あるいは、医者を目指して日本に留学している時に遭遇した「幻灯事件」(3)や、文学雑誌を創刊したところ購入者がほとんど現れず、仲間にも逃げられた経験などが、魯迅文学が誕生した原因とされることが多い。ポーも同様であろう。ポー研究においては、彼が幼くして両親を亡くし、両親の知人に引き取られ、ヴァージニア大学に入学するも賭博に溺れて義父から追放され、さまざまな職に就いた後に雑誌編集の仕事を得、一三歳の従姉妹ヴァージニアとの結婚し、雑誌のオーナーとなるが廃刊となり、ヴァージニアが死に、雑誌の編集者となり、女性たちへ求愛し、「謎の五日間」の後に死に至るという、生涯における特異な環境・特異な経験を出発点として、彼の文学の特殊性を論じていくことがおこなわれている。

作家の特異性や特殊性に焦点を当てるこうした「作家論」は、「作家・作品に学べ」へとつながりやすい。魯迅研究がまさにそうであり、一九八〇年代までの魯迅研究は「魯迅の作品を正確に読解できれば、〈魯迅精神〉を体得できる」が主旋律であった。彼の生涯を探り、その時々の心情をもとに文学を読解することで、少しでも〈魯迅精神〉、困難に進んで立ち向かい、自らを犠牲にして若手への道を切り拓くような優れた〈精神〉に近づけるはずだ、というものであった。[4] 一方「ポー精神に学べ」というポー研究は少ないと思うが、しかし後述するように、ポー研究においても、魯迅研究とはまた違った角度から「作家・作品に学ぶ」ことが目指されていたといっていい。

文学研究のもう一つの潮流として、「歴史学的文学研究」（本稿ではひとまずこう呼ぶ）が挙げられる。この手法は、一九八〇年代に起こったもので、当時は「新歴史主義（ニューヒストリシズム）」と呼ばれた。[5]「歴史学的文学研究」とはどういうものか。ここではポーの最初期の短編小説ともいわれる「メッツェンガーシュタイン」にそって考えてみよう。この小説を「歴史学的」に分析しようとするなら、たとえば、当時のアメリカにおけるハンガリー移民の様相から、この小説を読み解く、という研究が考えられよう。冒頭、語り手が、これはハンガリーにおける出来事であると明示する。ポーはハンガリーに行ったことはないと思われる。「メッツェンガーシュタイン」というこの陰鬱・陰惨な物語は、当時のアメリカにおける「ハンガリーイメージ」が投影されているに違いない。そう見込みをつけて、たとえば一九世紀アメリカにおいてハンガリーがどのようなイメージで想起されていたのかを、当時の新聞や雑誌、あるいは統計史料などから明らかにし、それがポーの作品にいかに反映・投影されているかを論じるような研究である。(6)

こうした研究は、「作家論」とは異なり、作家の「普遍性」や「代表性」に焦点を当てた研究といえるだろう。この研究においては、ポーの「特殊性」は基本的に考慮に入れられない。作者は当時の「アメリカ人男性」の平均として、それを代表する人物として措定される。

さて、上記の「作家論」、そして「歴史学的研究」のような分析は、他の学問分野からするとはたしてどのように位置づけられるのか。ここでは、前田健太郎「事例研究における根本的な原因の発見」(7)(以下「事例研究」と略)という政治学の論文を元に、この問題を検討したい。同論文は政治学における研究の方法論を扱ったものである。政治学が文学と何の関係があるのか、と思われるかもしれないが、文学研究における作業を整理する上で、きわめて有用であると思われる。

二．文学研究における「根本的な原因」

「事例研究」においては、研究の中身を「独立変数」と「従属変数」という用語によって整理する。この二つは、大まかにいえば「原因」と「結果」にあたる。たとえば、「世界大恐慌」と「戦間期ドイツにおける民主主義の崩壊」（「世界大恐慌によって戦間期ドイツにおける民主主義の崩壊が引き起こされた」）、「労働組合の組織率」と「左派政党の議席占有率」（「労働組合の組織率は左派政党の議席占有率に影響を与える」）が、それぞれに対応する。

もちろん、「独立変数」は一つとは限らない。「戦間期ドイツにおける民主主義の崩壊」には「ナチスの党勢拡大」、「左派政党の議席占有率」には「選挙における左派政党の得票率」等々複数の「独立変数」が存在する可能性があるし、むしろそれが当然であろう。

「事例研究」では、これを踏まえた上で、「根本的な理由」に遡ることが重要とされる。「根本的な原因」は「なぜ」を繰り返すことで得られる。たとえば韓国と北朝鮮の経済水準は一九七〇年代に大きく分岐したが、その原因は「両国の経済政策の違い」とひとまず答えることができる。しかしでは、「なぜ、両国の経済政策は異なったのか」というさらなる問い立てが可能であり、その場合には「両国では異なる政治制度が選択されたからだ」となるわけである（そしてさらに「なぜ、両国では異なる政治制度が選択されたのか」と続く）。

しかしこうした「根本的な原因」を探り続けることは、「独立変数」を無限後退に陥らせる可能性がある。「戦間期ドイツにおける民主主義の崩壊」の原因が「世界大恐慌」だとして、では世界大恐慌は何によって引き起こされたのか、という疑問は当然湧いてこよう。そして世界大恐慌が引き起こされた原因には、さらにまた原因があるはずであり……と考えていくと、最終的には「すべての原因は宇宙の誕生である」のような無意味な結論になってしまう。もちろん、それはオーバーであり、実際には想定されうる程度での「根本的な原因」を求めることが求められる。

さて、以上の方法論をもとに文学研究を見てみよう。最初に取り上げた「作家論」において、作品中の描写や登場人物の造形は、その「原因」をたどると作家個人の性質である。ポーにしろ魯迅にしろ、彼らの「性質」が、作品を生み出した、となる。次に、ではその「性質」はなぜ生み出されたのかとなると、それは彼らの「経験」になるだろう。上記のような彼らの（多くの場合人並み外れた）「経験」が、彼らの「性質」を形作った。

ざっとここまでが作家論の守備範囲であるが、ここからさらに「根本的な原因」を突き詰めるとどうなるか。彼らの「経験」の原因は何に求められるかというと、それは「時代背景」に求められるだろう。ポーが一三歳の従姉妹と結婚するも、結核で失ったのも、魯迅の祖父が科挙の不正で牢に繋がれたのも、その「原因」は「時代性」である。彼らの経験は、当時の時代状況抜きには語れないものである。ここまでが「歴史学的研究」の範囲といえよう。

というわけで、「作家論」よりも「歴史学的研究」のほうがより「根本的な原因」であり、「事例研究」でいえば評価が高い、ということになるわけだが、しかしややスッキリしない、という感想を持つのではないだろうか。ポーの経験を「時代性」に帰すことは、乱暴なのではないか？　もしその仮定が事実なら、同時代に生きた者は、みなポーのような生き方をして、ポーのような小説を書かねばならないではないか？　という疑問を呈することは、あながち「難癖」とばかりはいえないであろう。

そうした疑問をひとまず措いて、今度は「因果関係」に目を向けよう。[8]「原因」と「結果」とはすなわち因果関係であり、「ポーの性質が作品を書き上げた」も「一九世紀前半のアメリカの時代性によりポーは一三歳の従姉妹と結婚した」も、どちらも「因果性」である。一般的に「因果性」があると認定するには、「再現性」の有無が問われる。「黒猫が横切る」と「悪いことが起こる」とに因果関係が成立するには、この両者に再現性がなければならない（一回〜数回起きただけだと「偶然」と見なされる）。次節では文学研究を「再現性」という観点から考察してみよう。

三．文学研究における再現性

近年、各研究分野において、再現性が重要な課題となっている。心理学において、大規模追試プロジェクトで「再現性あり」とみなされた研究は約四〇％しかなかったということが話題になり、[9]多くの分野で再現性についての議論が戦わされている[10]。

現時点で、再現性を考慮している文学研究者はほとんどいないだろう。ポーや魯迅の経験や創作に再現性などあるわけがなく、むしろ再現性がないからこそ、ポーの作品は際立つ、と考えられている。ポーだけではない。どんなに無名な作家でも、どんなに稚拙な作品でも、その創作に再現性はない。そうした「反・再現性」こそが文学の特徴であり、文学研究は作家や作品のその点を際立たせてきたといえる。

しかし、文学研究における「反・再現性」は、「科学性」[11]がなにより重視されるようになっている現代のアカデミズムからすると、相当に「異端」であるのは確かであろう。再現性の有無が分野の存続をも揺るがすような事態になっている時、それに背を向ける文学研究が「異端視」されるのは、ある意味では仕方がないともいえる。

とはいえ文学研究においても、自らの「非科学性」に対する危機感を感じる者もいた。文学研究は感想文であってはならず、「科学的」な分析を目指さなければならない。こうした「願望」により、文学研究はより「科学的」であると思われていた歴史研究に近づいていった、という経緯がある[12]。詳細は別項に譲るが[13]、「歴史学的文学研究」の出現には、このような背景があった。

これまで見てきたように、「歴史学的文学研究」は「作家論」とは方向性が逆である。「作家論」は、作家や作品の「特殊性」をこそ明らかにするものであった。しかし「歴史学的文学研究」においては、

「歴史的な事象」や「時代性」が先にあり、作家はそれを反映・投影する役割を担う。作家の「特殊性」は後景に退き、むしろ「普遍性」や「代表性」が求められる。作家の「才能」は無色透明なレンズの役割へと卑小化され、「小説を書いた」というその一点で辛うじて凡百の一般市民よりは上に立つ存在、という程度の役割しか与えられなくなる。さらには、「時代性」を明らかにするために作品が使われるとなると、「優れた作家の優れた作品」がその他大勢の作家の作品や、あるいはチラシなどとも等価になる、ということにすらなってしまうのである。(14)

しかしながら、再現性に着目すると、むしろこの「普遍性・代表性」はアドバンテージになる。「時代性」をあたかもニュートン力学のように「万物の基礎」になぞらえ、それが各人のさまざまな行動や思考を支配していると考えれば、見かけの上では再現性を擬装できる。もちろん、当時生きていた者がみなポーと同じ経験をしたわけではないし、みなポーのように考えたわけでもないし、みなポーのような小説を書いたわけでもない。それでも、作家を「無色透明なレンズ」として設定することにより、幾分かの「科学性」を身にまとえるというのは、文学研究においてそれなりの「魅力」は有していたと思われる。

四．「地域研究」における再現性

再現性を可能にするには、もう一つの道がある。それは、「地域研究」としてポーを研究する手法である。

われわれ文学研究者が自己紹介するときは、「アメリカ文学研究」「中国文学研究」そして「日本文学研究」のように、地域名（国名）を冠するのが一般的である。「ジェンダー文学」や「ポストコロニアル文学」の研究者であっても、自分の「ホームグラウンド」すなわち「もっとも得意な地域」を有している者がほとんどだろう。

一方で、地域名を冠する研究分野は、実はそう多くはない。理系の多く、たとえば物理学や生命科学には、地域性は存在しない。これらの分野では数字が世界共通語となっており、論文も英語で書く場合がほとんどなので、地域性はほとんど考慮に入れられない、という説明がされることが多い。理系でも、生物学や地層学など、地域性が重要となる（数字をあまり使わない）分野も存在するが、多くの分野では「数字と英語は全世界共通」ということになっている。

片や文系においては、地域性が考慮される分野はずっと多くなる。歴史学はいうまでもなく「アメリカ史」「中国史」「日本史」等々が存在するし、政治学も「アメリカ政治」「中国政治」等地域名が冠されるのが一般的である（「国際政治学」のような呼称もあるが）。一方で、心理学や経済学など、地域性が考慮されない研究がメインストリームである分野も存在する。心理学では「日本人の心理学」「アメリカ人の心理学」のような研究領域は（文化心理学など一部を除いては）存在しないようであるし、経済学は「ミクロ経済学」「マクロ経済学」のように地域が一切関係のない（数字を使った）研究が主であり、「中国経済」「アメリカ経済」のように地域の特徴をテーマとするものも、基本的には「全世界共通の理論に個別の地域が当てはまるかを確認する」という研究手法が採られる。

地域名・国名を冠する分野は、当然ながら、その地域に限定された特徴が研究の対象となる。アメリカ史はいうまでもなく「アメリカという地域の歴史」が研究対象になる。「地域の特徴」を解き明かす学問といえば、文化人類学が筆頭であろう。しかし意外にも、文化人類学者は研究対象となる地域ごとのまとまりよりも、「文化人類学者」としてのアイデンティティが強いようである。この場合、「フィールドワークを行う」ということでの一体感が重視されていると思われる。

文学に話を戻すと、「中国文学」「アメリカ文学」と地域の名称がつけられてはいるが、ではアメリカ文学研究がアメリカ（人）の、中国文学研究が中国（人）の、それぞれ特徴や特異性を明らかにすることを目的としているか（自らを「地域研究者」と位置づけているか）というと、「それは違う」という研究者のほうが多いのではないだろうか。文学研究において俎上に上げられる「人間」は、作家であれ登場人物であれ、現代を生きる自分たちと同じ地平線上で理解する（理解しようとする）場合がほとんどであろう。哲学者の飯田隆が「誰もが知っている杜甫の詩［「春望」］を、唐時代の中国に生きたある人物が、ある特定の状況で実際に抱いた感情の報告だと考えてよいだろうか。そうすることは、この詩が、まったく異なる時代に異なる状況のもとに暮らす人々にも感動を与えることを説明できない。そうしたことが可能であるのは、ここで描かれているような感情を杜甫が実際にもったかどうかとも、そうした感情を生み出した状況が現実のものか架空のものかとも独立に内容をもつものとして、この詩が受け取られているからだろう」[15]と述べるように、文学作品を論じるとき、論者はそこに「現在の自分」に理解可能な心情を読み込む。「国破れて山河あり」を、千数百年後のまったく違う土地に生きる我々は、「自分ごと」として受け取り、涙するわけである。

もちろん、「地域研究としての文学研究」がありえないというわけではない。「アメリカ人としてのポー」を強調し、小説中のさまざまな描写の「アメリカ性」を指摘し、「これはアメリカ（人）ならではなのである」と結論づけていく研究は、これまでになされていなかったわけではない。「同時に彼［ポー：高橋註］は「その時代」の「アメリカ人」であった」[16]のように、ポーの「アメリカ性」を強調することは、むしろ一般的におこなわれてきたといっていい。先程も取り上げた「メッツェンガーシュタイン」であれば、「アメリカ性」を感じるのは「輪廻（Metempsychosis）への恐怖」であろう。「日本人」にとって、「輪廻」はまったく親しみがない概念というわけではない（もちろん、個人差はあるだろうが）。「生まれ変わる」という概念は、日常生活で（もちろん多くの場合「おふざけ」であるし、また仏教的「輪廻」とは相当異なった形ではあるが）耳にすることができる。しかし、アメリカ人であるポーは「輪廻」を身近には感じられず、むしろ恐怖を感じたため、この小説を執筆したのだ、とする。そして日本に伝わる「輪廻」の物語をいくつか挙げ、日本において浸透する「輪廻思想」を解説した上で、「メッツェンガーシュタイン」に見られる「（日本との）異質性」もしくは「アメリカ性」を分析していくわけである。

これは「歴史学的文学研究」よりも、さらに再現性の高い研究となりうるであろう。なにしろ、「アメリカ（人）はおおむねこうした傾向がある」と論じるわけだから。一方で、ポーの作家としての特殊性や才能は、さらに等閑視されることにもなる。彼はアメリカ人なら当然感じたはずのことを感じただけなのだから[17]。

「地域」は、いうまでもなく唯一のものである。「アメリカ」「中国」「ボルティモア」「北京」などといった名称により、それは唯一性を確保される。一方で、「地域」は内部の均質性も含意する。「アメリカ」「中国」といった瞬間、我々はそこに何らかのイメージを呼び起こし、そのイメージをヒトやモノに投影する。地域に関して研究するということは、その均質性を前提にしなければ、意味がなくなってしまう。「ヴァヌアツにおける看取り文化」を研究する者は、「ヴァヌアツにはある程度共通した看取り文化がある」ことを前提としなければ研究はできないだろう。

文学研究も、再現性を担保するために、そうした均質性を受け入れ、「地域研究」を標榜するべきである、などといったら、これまた違和感を抱く文学研究者は多いだろう。その違和感のもとをさらに探るため、今度は社会学の「質的／量的」という観点から文学研究を見てみよう。

五．質的 vs. 量的

これまで論じてきた「特殊性か普遍性か」という文学研究の二つの観点は、社会学においては「質的」と「量的」という二大テーマに対応するといえる。

質的研究は相対的に少数者へのインタビューにより明らかにする手法で、量的研究は相対的に多数の者へのアンケートにより明らかにする手法である。この二つの研究手法は、「どちらがより〈社会〉を的確に捉えられるか」で、社会学のなかでしばしば議論になっている。

社会学における「質的」と「量的」については、『社会学はどこから来てどこへ行くのか』(18)がこの問題をわかりやすくまとめている。四人の社会学者（岸政彦、北田暁大、筒井淳也、稲葉振一郎）の対談からなる同書において、とりわけ興味深いのは、現代日本の「質的」研究の第一人者といえる岸政彦と、「量的」研究の第一人者である筒井淳也との対談である。

岸は（同書内でこの用語は使っていないが）「研究対象の特殊性・唯一性」を重要視し、そこから複数の研究対象（同書においては「被差別部落」と「在日社会」が例に挙げられている）を安易に比較するような研究手法を批判し、一つの対象に真摯に向き合うことを主張する。一方の筒井は、研究は比較にこそ意味があるはずだと語る[19]。岸が「比較は暴力であ」ると批判し、当事者の人生の一回性こそが記述されなければならないと述べると、筒井は「特殊だと認定するには比較する必要がある」と述べる、という形で議論が進んでいく。

これを文学研究における「特殊性か普遍性か」に当てはめると、ポーは他の誰とも異なる特殊な存在であるという前提のもとでその「特殊性」を論じていく（＝質的）か、ポーも多くの作家・多くの人々と同じカテゴリーに入れられる存在であり、同時代人の「代表性」を持った人物・作品として論じる（＝量的）か、となるだろう。では、どちらがより的確に作家や作品を捉えられるのか？

岸政彦は別の場でこう語る。

> 質的調査が事実についてなにごとかを述べようとすると、科学と文学の両方から、いわば挟み撃ちにされる。わずかなサンプルからどうやって代表性を確保し、誤差を除去するのだ？ ひとりの語り手の語りを一般化することは、暴力ではないのか？[20]

そして岸は、「私を含めた社会学者たちは、個人史を聞き取って、そこからいったい何を書いているのだろうか」と、自らの「質的」研究を自省している。

ここで「文学」が例に使われているのは示唆的であるが、社会学の「質的」研究から文学研究（のなかでも作家論）への「批判」は、この裏返しとなる。作家論においては、作家に何かを代表させるような「暴力的」なことはしない。ポーはあくまでポーであり、他の誰とも違った存在である。しかし、では、ポーやポーの文学から、我々は何を学ぶのか？　ポーを研究することは、「ポーはポーである」という当たり前のことを確認することにしかならないのか？

一方「量的」研究はどうか。ポーも魯迅もその他大勢と何ら変わらない一人の人間として、何らかの集団を代表するものとして扱えば解決するかというと、片や代表性の精度に問題があり、片や「（代表された人々／代表する作家双方への）暴力」になりうる。同時代を生きたアメリカ人たちにとってては、自分たちをポーによって代表されることに納得するのは難しいだろう。たとえば現代日本に住む我々を誰が代表できるのかとなると、相当の議論が必要だろうし、みなが納得する結論を導き出すのは不可能だろう。(21)

「ポーはそもそも特殊なのだ」という結論を出して他への応用を諦めるのも、「ポーには普遍性があり、ある集団を代表しているのだ」という結論を出して卓越性を見出すのを諦めるのも、どちらを選んでもそこには厳しい反論が予想される。「特殊性」と「普遍性」の狭間で、文学研究ははたしてどのような態度をとればいいのだろうか。

六. ポーから何を「学ぶ」のか──「再現性」の使い道

前述のように、作家論は、ある時期までは作家の「人間性」と密接に関わっていた。「なぜ、文学を読み、論じるのか」という問いに対しては、「文学を読むことで、作家の優れた人格に触れることができ、それによって豊かな人間性を育むことができる」と述べられることが多かった。ゆえに文学研究で論じられるのはいわゆる「純文学」であり、推理小説やハーレクインの類いは、そもそも研究対象とは見なされていなかった。「それらをいくら読んでも、人間性の向上には寄与しない」と思われていたのである。

先にも触れたように、ポーの人間性を「お手本」とすることは、いかなる形であれ難しいだろう。しかし、その作品を「警句」として受け取ることはおこなわれているし、そうでなければ世界でこれほどまでにポーが研究され、読まれているわけがない[22]。

では、我々はポーの小説から何を学んでいるのか。一般的には、ポーの感じた・表現した「恐怖」を、現在の我々が直面する「恐怖」に結びつけ、それを考える手がかりとする、ということでポーから「学んで」いると思われる[23]。

この「学び」は、じつは本稿のテーマである「再現性」にも関わってくる。「ポーの小説を読むと、恐怖の感情が呼び覚まされ、そこから現代社会の恐怖の基を探り、解決策を示す手がかりになる」と論じるということは、そこにある程度の「再現性」が想定・期待されているわけである。もちろん、ポーの人生を我々が繰り返すことは、不可能である。現在の我々には、というよりも同時代にあっても、ポーとまったく同じ経験はできない。ゆえに、「学び」においてポーの「経験」に大きなウェイトを置いてしまうと、「自分とは違う世界の話」と認識してしまい、自分事にはならない[24]。

そこでポーの小説を読むことで、手っ取り早くポーの体験を「疑似体験」し、ポーが感じた恐怖を自分も感じる、ということが期待されるわけである。だが「ポーの作品を正確に読解できれば、ポーの抱いた「危機意識」を共有できる」という命題は、「科学的」に検証されたといえる状況にはなく、いわば「暗黙の前提」となっている[25]。そこに「水が摂氏一〇〇度に達すると沸騰する」と同程度の再現性を期待するのは無理であるし、そもそもそういった検証すらされたことはほとんどない[26]。さらにいえば、「ポーの体験が彼の創作活動を生んだ」という前提についても、その因果性の検証は不可能であろう。

だが近年、「小説を読むと共感力が上がる」という実証実験がおこなわれるようになった[27]。このような研究はまだ端緒についたばかりであり、今後、多くの「追試」が必要になるであろう。しかし、この再現性が認められるようになれば、「何のために文学を研究するのか」という、これまで文学研究が浴び続けてきた質問（というよりも批判）の答えとすることも可能であろう[28]。その時には、文学研究は新たな段階に入るのかもしれない。

おわりに

前述のように、社会学者の岸政彦は「私を含めた社会学者たちは、個人史を聞き取って、そこからいったい何を書いているのだろうか」と述べたが、文学研究者で「私はいったい、何をやっているんだろう」という思いを一度も抱いたことのない者も、おそらくいないだろう。ポーや魯迅の文学を研究することは、何を明らかにする行為なのか？　何事かを明らかにしたとして、それが「世の中」に何の役に立つのか？　本稿はこうした「疑問」について、他の学問分野を参照しつつ、検討してきた。

なお私は本稿で「文学研究は再現性を考えないからダメだ」とか、「再現性を高める文学研究をしなければならない」とかの主張をしたいわけではもちろんない。それぞれの分野で目指すところが異なるからこそ多様性が保たれるのであり、もし学術界が均質的な価値観に覆われてしまったら、それこそが学問の危機であろう。

しかし文学研究が自らの「特殊性」を強硬に主張するだけでは、将来の見通しがますます暗いものになるであろうことも、また事実であろう。アカデミズムは今後ますます平準化し、「普遍化」されていくだろう。我々の教育や研究も、「量的」に数値化されていくだろう。もちろん、こうした動きに易々と飲み込まれるのではない、独自のあり方（「特殊性」）を考えることも、いうまでもなく大事なことである。とはいえ、文学研究の方法論が「特殊性」と「普遍性」の間で揺れ動いているように、文学研究自体もこの二つの間でバランスをとりながら進めていくほかないのであろう。

周知のように、昨今、人文系の縮小・削減が進んでいる。私の勤務する地方国立大学では、語学や文学の教員が退職者不補充により激減しており、仮に後任補充があっても、キャリア教育や地域活性化教育などの「役に立つ」分野に置き換わり、文学は非常勤でまかなう、という方針になっている。「アメリカ文学研究室」「中国文学研究室」を維持する（維持できる）大学も、どんどん減っている。私の勤務校では、遠からず文学教員が消えるかもしれない。これは、もしかすると我々にとって、ポーが描き出した「恐怖」よりも、ずっと恐ろしい未来かもしれない（あるいはもしかしたら、ポーの描いた「恐怖」は、ここまでをも見通していたのかもしれないが）。

西山けい子は「ポーの描く死は、特殊であると同時に普遍性・現代性を持っている」と述べた。こうした「二正面作戦」が、ひとまず我々が採りうる作戦なのではないか。「これが文学研究に残された唯一の道である」などというつもりはない。私に「文学研究はこう進むべきだ」と規定する資格があるわけもない。しかし、今にも火が消えようとしているかのような本邦の文学研究においては、間口を狭めるのではなく、むしろ「なんでもあり」とすべてを受け入れる度量こそが、求められているのではないかと思う。一人の人間としてはおそらくまったく尊敬できるようなタイプではなく、一緒に仕事をしたら何度も激怒するであろうポーから我々が「学ぶ」としたら、「恐怖と宿命は、いつの世にもいたるところではびこってきた(Horror and fatality have been stalking abroad in all ages.)」(「メッツェンガーシュタイン」冒頭)と述べるような、「恐怖」とともに生きることを決断した、その姿なのではないだろうか。

＊本章全体の表記や書式については、一般的な中国文学研究のものを下敷きとした。

(1) この「特殊か普遍か」問題は、もちろん近年始まったものではない。唯名論と実在論に始まって、デイビッド・ヒュームの経験論、クワインのホーリズム、そしてポパーなど、名だたる哲学者たちがこの問題について論じており、「これまでに見てきたカラスがすべて黒いからといって、この世のすべてのカラスが黒いといえるのか」「昨日まで太陽が東から登ってきたからといって、今日も東から登るといえるのか」という問いが有名である。本稿もこの問題の「焼き直し」ではあるのだが、文学研究においてこの問題を考える論考はまだ少ないと思い、本稿で問題としてみることにした。

(2) これは自伝中の記述であり、真偽を疑う研究者もいる。

(3) 授業の合間に教師が日露戦争のニュース映画を映し、そこに中国人スパイが処刑されるシーンが映し出され、日本人学生たちが歓喜の声を挙げた、という出来事である。

(4) 魯迅研究者では丸山昇が、こうした方向での「読み」を主導したリーダーとされる。『魯迅と革命文学』(紀伊國屋書店、一九七二、『魯迅――その文学と革命』(平凡社、一九六五)等。両書とも書名に「革命」

という語句が入っていることからも分かる通り、丸山昇の魯迅研究は、作品の底層に流れる「革命精神」を自らのものにするためのもの、という意識が強いものである。

なお、ある模範的な人物に対し、著作を熟読することでその「精神」を学ぶことにより自分たちもそれに近づくことを目指すような学問については、橋本努『社会科学の人間学――自習主義のプロジェクト』（勁草書房、一九九九）においてマックス・ウェーバーを対象にした研究が言及されている。

（5）「新歴史主義」については『現代思想』「特集　ニュー・ヒストリシズム」（一九八九年二月号）所収の論考を参照。

（6）アメリカにおけるハンガリー移民については、山本明代の一連の研究がある。「ハンガリー王国からアメリカ合衆国への移民女性とジェンダー関係の再編」（北村暁夫他編『近代ヨーロッパと人の移動』（山川出版社、二〇二〇）、『大西洋を越えるハンガリー王国の移民――アメリカにおけるネットワークと共同体の形成』（彩流社、二〇一三）。山本の扱う時期は一九世紀後半～第一次世界大戦期が中心であり、ポーの時代とは重ならないが、その研究からは多くの示唆を得た。

（7）『国家学会雑誌』一二九―一、二、二〇一六。前田健太郎「事例研究の発見的作用」（『法学会雑誌』五四―一、二〇一三）も併せて参照されたい。

（8）「因果性」については、スティーヴン・マンフォード、ラニ・リル・アンユム『因果性』（塩野・谷川訳、岩波書店、二〇一七）や松林哲也『政治学と因果推論――比較から見える政治と社会』（岩波書店、二〇二一）等を参照。

（9）三浦麻子「心理学における追試――これまでとこれから」（『科学』二〇二二年九月）。

（10）『経済セミナー』No. 726（二〇二二年六・七月号）「特集　経済学と再現性問題」、『科学』二〇二二年九月号「特集　再現可能性に向き合う心理学」等。この「元ネタ」はMeredith Wadman, NIH mulls rules for validating key results, Nature, 31 Jul 2013. とされている。

なお、実験室や試験管においても、まったく同じ条件を二つ作り出すことは実はそもそも不可能である。「一方向にしか流れない時間軸においてまったく完全に同じ条件、同じ環境というものは極論ではなく原理として不可能であり、（伝統的）科学の根幹は極めて軟弱な仮説を土台としているとも言える」（國吉康夫「ロボティック・サイエンス論——科学における再現性と一回性」『といとうとい』第0号、二〇二二）。

（11）もちろん、「科学性」も、その条件とされる「客観性」も、歴史的な文脈で考えなければならない。ロレイン・ダストン、ピーター・ギャリソン『客観性』（瀬戸口明久他訳、名古屋大学出版会、二〇二一）、松村一志『エビデンスの社会学——証言の消滅と真理の現在』（青土社、二〇二一）等を参照。

（12）「歴史は科学か」という問いについてはまた別途論じられなければならないが、たとえば一九八〇年代までは有力であったマルクス主義的歴史学においては、明確に「科学」を指向していたことは疑いを得ないし、また「再現性」を標榜していたことも間違いない。またフランスのアナール学派は数量的手法によって歴史研究の「科学化」を目指したといえよう。矢野久・難波ちづる「人文科学から社会科学への歴史学の転換——フランソワ・シミアンの歴史的方法批判をめぐって」（『三田学会雑誌』Vol.108 No.2、二〇一五）。

なお、文学に「科学」を導入するということでは、いわゆる「形式主義文学論争」が想起されよう。

横光利一や中河与一らが参画したこの論争では、当時最先端の「科学的」な知識といわれた相対性理論や量子力学などを文学研究に活用する、ということが謳われた。千田実「形式主義論争について――論争する「科学」的で非科学的な文学論」（『文学部・文学研究科　学術研究論集』第四号、明治大学、二〇一一）。

（13）「パパ、中国現代文学研究は何の役に立つの？」（中国モダニズム研究会編『夜の華――中国モダニズム研究会論集』中国文庫、二〇二一）。

（14）前掲前田「事例研究」ではこれについて「何年もの歳月を費やして」集めた史料が「後日行われる本番のための予行演習」になってしまうようなものだと述べている。

（15）『分析哲学　これからとこれまで』（勁草書房、二〇二〇）、四頁。

（16）池末陽子・辻和彦『悪魔とハーブ――エドガー・アラン・ポーと十九世紀アメリカ』「序章　エドガー・アラン・ポーとその時代」一二頁。

（17）前掲前田「事例研究」では「文化的伝統や地理的条件」を「根本的な原因」に挙げるが、説明力は弱くなるとする。いうまでもなく、それらを原因に挙げてしまうと、アメリカで起きた事象すべてに当てはまってしまうからである。

（18）有斐閣、二〇一八。

（19）『社会学はどこから来てどこへ行くのか』一六六―一六九頁。

（20）岸政彦「実在と行為――社会学理論ができること」（『現代社会学理論研究』一一、二〇一七）。

（21）この「何を・誰をもって集団を代表するとみなせるのか」はさまざまな分野で問題となっており、たとえば疫学においては、どこまで治験を繰り返せば「人間全体」に効果があるといえるのかがつねに疑問として提出されているという（門間陽樹「集団を対象とする疫学研究とN=1研究」（『バイオメカニズム学会誌』四二―一、二〇一八）。

（22）「ポーの亡霊はいまだに確実に生きていて、その『存在』はますます大きなものとなり、いたるところの遍在する霊となり、我々人類を脅かしつづけ、楽しませつづけることであろう」（八木敏雄「ユビキタス・ポー」八木敏雄・巽孝之編『エドガー・アラン・ポーの世紀』研究社、二〇〇九）。

（23）西山智則の一連の研究（『エドガー・アラン・ポーとテロリズム――恐怖の文学の系譜』（彩流社、二〇一七）、『恐怖の君臨――疫病・テロ・畸形のアメリカ映画』（森話社、二〇一三）等）はまさにそうしたコンセプトとなっている。

（24）おそらく、「外国のこと」を教えるときにもっとも歯がゆいのはこの点ではなかろうか。中国文学史の授業で魯迅について論じ、「当時のこの悲惨な状況から、魯迅は渾身の作品を描き続けたのである」と講じると、授業後の感想には「当時の中国は悲惨だった、ということがわかった」のような「他人事」の感想が大量に提出されるのである。

（25）前掲のマンフォード、アンユム『因果性』では、「オリバー・ツイストは単なる虚構である［…］小説のなかの登場人物が小説の外の実在する人物や事物と因果的に相互作用することは、まさかありえない」（七五頁）と、この方面の可能性を閉ざしているのが興味深い。

（26）前掲マンフォード、アンユム『因果性』においては、「物理法則」と「社会的出来事」の因果性は分けて考えるべきだとしている（九一―九四頁）。

（27）David Comer Kidd and Emanuele Castano, Reading Literary Fiction Improves Theory of Mind, *Science* 18 OCT 2013. 日本語で読める記事には「小説を読めば共感力は培われるか」（『THE WALL STREAT JOURNAL 日本語版』二〇一六年一一月一四日 https://jp.wsj.com/articles/SB10780138144506903447704582435722102759802 二〇二二年九月二四日最終アクセス）等がある。

（28）近年では勝又基編『古典は本当に必要なのか、否定論者と議論して本気で考えてみた。』（文学通信、二〇一九）が、日本古典文学研究者によるこの問題への「回答」である。

（29）西山けい子『エドガー・アラン・ポー――極限の体験、リアルとの出会い』（新曜社、二〇二〇）、二一一頁。

第五章

【対談】ウィリアム・ウィルソン

トランスジェンダーの視点から

町田 奈緒士×辻 和彦

対象作品：「ウィリアム・ウィルソン」

自分と同じ名前の、あらゆる点で自分によく似た、もう一人の「私」というべき級友がいた。その人物は何故か私に執着し、どこまでも自分を追ってくる。終に耐えられなくなった私は、決闘のあげく、その男を刺し殺す。だが今際の際に彼が私に告げた言葉は――。

謎めいたこのポーの短編「ウィリアム・ウィルソン」("William Wilson," 1840) に対して、従来とは異なる「読み方」の可能性を掘り下げるため、トランスジェンダーの質的調査をおこなわれている町田奈緒士氏と共に挑んだ。

辻 事前に選んでいただいた短編が「ウィリアム・ウィルソン」だったのですが、そのあたりの経緯を少しお話しいただけるでしょうか。

町田 今回のお話をいただいて、もっと読みを深めたいなって思ったのが、この「ウィリアム・ウィルソン」で、なぜ惹かれたのか明確には分からなかったんですけど。自分の研究テーマがトランスジェンダーに関することでして、それと関連するところから、とくに分身というキーワードを考えたときに、自分の研究関心とも繋がるな、って思いまして、そのあたりを取っ掛かりとしながら、今日お話しできたらなと思った次第です。

辻 作品の背景を少し私の方で話させていただきますね。「ウィリアム・ウィルソン」は一八三九年あたりに書かれて一八四〇年に出版された短編ですね。このポーの短編は研究者や批評家からも評価が高く、また一般的にも人気がある作品だと思います。文学作品には、研究サイドから評価が高いけど、一般には人気がなかったり、またその逆もあったりするんですが。もともとは似た粗筋が、ワシントン・アーヴィング（Washington Irving, 1783-1859）の手紙のなかにあったっていうことで、完全にゼロからポーが作った話ではないんですけど、大枠はポーが発案したということで間違いないかと思います。ポーがこの作品に入れ込んでいたことは、かなり明らかでして、主人公の誕生日が自分の誕生日なんですね。自分の誕生日にしているということは、ある意味、あの主人公は私だみたいなメッセージもあるのかもしれません。ということで、ポーの作品として、研究サイドからも一般からも評価が高く、本人の思い入れも強いという、重要な三点が揃ったみたいな作品なのかなと思うんですけど。

ただ結構難しい作品でもありますね。アイデンティティの揺らぎがテーマだというのは、中学生くらいの読者でも分かると思うんですけど。理解を進めていこうとすると、意外にすごく難しい作品でもあると思うんですけど。町田先生は、どのあたりにとくに関心を持たれたのでしょうか？

町田　そうですね。今お話しされたとおり、ポーの実人生と重なるかもしれないというところが、とくにおもしろいように感じました。誕生日もそうですが、作品中の主人公も、ポー自身も寄宿学校で学んでいる、というところが共通点ですね。また主人公が学生時代に賭博で借金をつくるというところも、ポー自身が賭博で借金をした体験と重なっていますよね。このように作品中のエピソードとポーの実人生が重なるという点で、自伝的要素が含まれているという点で、惹かれますね。

また自分の研究のなかで、手法としてインタビュー調査がメインではあるんですけど、それと併せて、自分自身の体験を盛り込む、研究者自身の体験について盛り込むという、オートエスノグラフィーの手法も取ってきたっていうところもあって、そういった作品の、書き手としてのポーのあり方みたいなところも、私自身がシンパシーを感じる部分としてあります。

それから先ほどの分身という主題とも重なるのですが、トランスジェンダーの人々がアイデンティティを模索するプロセスのなかで、分身としての自分と統合していく過程、という課題に向き合わざるを得ないというところでも、この作品ともかなり重なる作業があるかなと思うのです。そういったあたりで、おもしろさを感じているというところですね。

辻　ありがとうございます。前半のお話について、私から補足させていただきますが、ポーは養父母に連れられて、イギリスで数年間を過ごしているんですが、その時にマナーハウス・スクールといって、お金のある家庭の子弟たちが寄宿舎付きで預けられる学校に行っているんですね。「ブランスビー・マナーハウス・スクール」というところに、短い間行っていたということになるかと思います。町田先生がおっしゃってくださったとおり、この「ウィリアム・ウィルソン」

はその学校をモデルにしていることは、確かですね。つまり前半に出てくる学校がそうであるということになります。その他にも、これも町田先生がご指摘くださったとおりですが、ポーはバージニア大学に一年少し通った時期があります。そこを退学になった理由は、賭博ですね。これは「ウィリアム・ウィルソン」後半が描いている内容と重なるので、自伝的な部分がかなりあると思います。その後ポーはウェストポイント士官学校も退学になっていますので、おそらくその思い出も重なっているのでしょう。三つほどの「学校の思い出」が塗り込められた作品ということになるでしょうか。

いずれも寄宿舎付きの学校なので、性的な部分に踏み込んだ話になりますが、幼い子どもたち、あるいは若者たちを親から独立させて預けるということには、性的な目覚め、というものがどうしても付きまとうわけです。そういうことを踏まえると、男性ばかりが集まるという環境下で、自分のなかで男性に惹かれる気持ちに目覚めるということは、多々あるわけですね。こういうことは、おそらく地理的な要因や、国境などに縛られることなく、普遍的に起こりうることで、日本だと森鷗外（一八六二―一九二二）の『ヰタ・セクスアリス』（一九〇九）などでも描かれるとおりです。英米文学だと、やはり、E・M・フォースター（E. M. Forster, 1879-1970）の『モーリス』（*Maurice*, 1971）でしょうか。彼の死後に出版され、一九八七年に映画化されたこの作品も、寄宿舎付きの名門学校で、男性同士が惹かれ合う話ですね。ただ、この後の町田先生のお話にも関わるかもしれないのですが、『モーリス』の場合は、小説舞台の環境が、イギリスの古い階級社会であり、学校の外に出ると恋人たちは、ヘテロセクシュアルとしての人生を歩まざるをえないわけです。そういうように強制させられるわけです。外の世界では異性愛者として振る舞うけど、しかしながら、自分の「本当の部分」を完全に抑え込むことができないというわけですね。二〇世紀後半以後だと、さまざまな小説や映画が、そういう葛藤を描いているとは思いますが、いわゆる寄宿舎でそういう世界に目覚めるというのは、現実としても、よくあったことということなのでしょう。

町田　トランスジェンダーに直接はうまく関連付けられないかもしれませんし、トランスジェンダーやセクシュアル・マイノリティの話からは少しずれるかもしれませんけど。今のお話を聞いて思い出していたのは、このポー文学の影響を受けた日本の創作者たちは沢山いらっしゃると思うのですが、そのなかの一人である萩尾望都（一九四九―）が描くギムナジウムの世界ですね。少年たち同士の性愛――性愛と表現してよいのかどうかさておき――彼らがお互いに惹かれ合う世界が、想起されました。

辻　「ウィリアム・ウィルソン」をポーが発表した一八三三年という時代には、仮にそういうものを描こうとしても描けなかった時代であり、もちろん公表することもできなかったわけです。ポーはホラー要素があるものを書いていることもあってか、一部の世評では同性愛者であるという決めつけもありますね。伝記的に探っても、そういうものは明快に出てこないのですが。そうである以上、あくまで推察ではありますが、だからこそ、こういう作品を書かざるを得なかった、と表現することもできるかなと。つまり、当時は他の作家もそうだったわけですが、そういう傾向があっても、それを公言することができなかった以上、いくら伝記を探っても証明することは難しいのではないかと。

町田 ところで、町田先生は、『藍色夏恋』（二〇〇二）という映画については、どのように思われるでしょうか。台湾でのタイトルは『藍色大門』となっているようですが。『藍色夏恋』については、「ウィリアム・ウィルソン」の主題とどのように重なると思われるのか、辻先生のご意見を先にうかがってもよろしいでしょうか。

辻 そうですね。町田先生に教えていただこうと思っているのですが、いわゆるＬＧＢＴＱ、もっと長い呼び方もありますが、そういうものをひと括りにしたところで、そのなかでカテゴライズされたしまった方々の考え方にも、さまざまなものがありますよね。ＬＧＢＴＱのＱ、すなわちクエスチョニングと、トランスジェンダーというものは、当然イコールではないと思うのですが、どのあたりが違うのかというところを伺えたらと思うのです。映画から少し話が外れて、申し訳ないのですが。

町田 私自身も、そこに専門の中心的焦点があるわけではないのですが、クエスチョニングに説明を加えますと、自分の性のあり方が何か多数派とは違うとか、ＬＧＢＴという言葉の中では自分を表現できないと感じておられるだとか、自分の性のあり方を決めないという性のあり方のことを、クエスチョニングと表すように、近年なってきていますね。一つの性のあり方ですね。

クエスチョニングと、トランスジェンダーの関係についてですが、このあたりは難しいのです。クエスチョニングがどのあたりで自分の性のあり方を決めないと思っているのか、ジェンダー・アイデンティティにおいて、自分の思う自分の性別という観点で、自分の性のあり方を決めていない方なのか。あるいは自分の性的指向の観点から、まだ性のあり方を決めていないという方なのか。そのどちらかにはっきり分けられるというわけでもないのですが、トランスジェンダーへの近さという点では、体験的にトランスジェンダーへ近いと感じるクエスチョニングの方もいれば、トランスジェンダーとは違うと感じるクエスチョニングの方もおられるのです。ジェンダー・アイデンティティの点で、性のあり方を決めないという方の場合は、トランスジェンダーと似ていることもあるのかなと思います。性的指向という点で、性のあり方がレズビアン、ゲイ、バイセクシュアルのいずれとも異なると感じる方の場合は、トランスジェンダーとも違うという体験をお持ちかもしれません。

辻　私も言語として理解できているのか自信がないのですが、感覚的に今のお話は理解できたようにも思います。ポーの作品にいったん立ち返りますが、町田先生が対談前の打ち合わせでご指摘くださった通り、最後のシーンがキーであるのは間違いないですね。私の解釈ではあるのですが、クエスチョニングが浮かんでくるのは、まさにそこです。ポーがこの作品を発表した、およそ半世紀後、ロバート・ルイス・スティーヴンソン（一八五〇―一八九四）が『ジキル博士とハイド氏』（一八八六）を出版します。そのなかでは、人格の断絶が、はっきりと描かれるんですね。ポー作品と比べると、明らかに映像化しやすいのは、圧倒的に『ジキル博士とハイド氏』だと思いますし、実際に数多く映画化などされているのはこちらです。悪と善のような、明快な二項対立が一人の人間の中に宿っているという描き方は、一九世紀の読者にも、二〇世紀以降の視聴者にも、たいへん分かりやすいわけです。ところが「ウィリアム・ウィルソン」は、とても漠然としているわけなのです。ここに、ポーが「一人の人間のなかで、無理矢理アイデンティティを一つのものにする必要はない」と考えていた痕跡を、見ることもできるのではと思います。そういう意味で、クエスチョニングという概念を、このポー作品に見出すことも、あるいはできるのかなと考えます。

『藍色夏恋』に移りますが、ヒロインが中盤で、自分がレズビアンであることを、男性の友達に打ち明けるわけなのですが、ラストシーンでは、ヒロイン自身が、自分が依然としてレズビアンであるのか、隣で自転車を漕いでいる男性の友達に恋をしている異性愛者なのか、分からなくなっているようにも見えます。しかし、そんなことは、もしかすると、もはやどうでもよいことだと捉えているのかもしれません。ただ「今」であるとか、「今より先にある未来」を自分なりに生きていくことが大事だと宣言しているようにも見えますね。まさにクエスチョニングじゃないのかな、と思ったんですね。あるいはこれもトランスジェンダーと解釈することもできるのかなと思い直したり、いろいろ考えてしまうのですが、いかがでしょうか。

町田　なるほど。確かにあの映画は、途中まではストーリーや台詞が、セクシュアル・マイノリティを丁寧に描いているとはいえない作品だと感じたのですが、ただ先生のおっしゃるとおり、最後のシーンは印象的ですね。ヒロインはレズビアン宣言を確かにしたのですが、彼女が恋する女性の友達と仲違いをしますね。いきなりヒロインが彼女にキスをしてしまって、相手は驚いて他の友人の元に行ってしまう。そのまま仲が修復するというところも描かれぬまま、映画が終わってしまうのです。そのあたり、どうなってしまうのだろうというざわつきが視聴者のこころに残ったまま、終わってしまうわけですが、確かにおっしゃるようなところに注目すると、ラストシーンで主人公の隣りにいるのは、もう一人の主人公とも言える男性の友人ですね。

思春期の青年たちの心模様がこの映画では描かれるわけですが、後々トランスジェンダーと自認する方でも、思春期においては、いろいろまだ自分の性について分からないこともあるのです。確かにあの映画も、主人公が同性の女性が好きだと発言するために、レズビアンというレンズだけで見たくなるのですけど、またクエスチョニングという言葉自体があの映画のなかで出てくるわけでもないのですが、まだ性のあり方が未決定で、ひらかれているのかもしれないというところに目を向けると、レズビアンという視点だけで見るのは、足りない部分があるというか、その主人公の性のあり方だとか、これからの人生のあり方だとかを取り逃してしまう可能性はありますね。そのあたりでカテゴリーによって捉え過ぎることの危険性も、あの映画から読み取ることができるのかもしれませんね。

「ウィリアム・ウィルソン」に戻ると、主人公の現実的なあり方のなかで、足りていない部分が浮上するかもしれません。主人公は倫理的行動をとることができないのですが、現実のウィルソンに足りていない部分が、分身のウィルソンに現れると考えるべきでしょうか。それも実際は自分自身のなかにあるはずなのに、それに向き合うことに嫌悪感を感じている、もしくは恐怖を感じているがために、殺してしまうという結論に至るわけです。

なぜ殺してしまったのかという問題に、トランスジェンダーの文脈を絡めながら考えていくと、性別移行して生活しているトランスジェンダーの方の場合は、過去の割り当てられた性で生きていた自分、たとえばジェンダー・アイデンティティが女性で、生まれた時に割り当てられた性が男性であった場合であれば、今女性として社会生活を送っているけれど、小さい頃の男の子だった自分を、できれば記憶にのぼらせたくないということがありうるわけですね。そうした場合に、過去の自分を完全に忘れて生きていくということが、その方の生の豊かさに繋がるかというと、たぶんそうではないと思うのです。そのあたりの考え方を、「ウィリアム・ウィルソン」のラストシーンから読み取ることができる気がしたんですよね。そういうところがトランスジェンダーの問題と重なるように思ったのですが、辻先生はどのように読まれたのでしょうか?

辻　そういうように教育されたので、どうしてもミシェル・フーコー(Michel Foucault, 1926-1984)的な、一種構造主義的な読み方に頼ることになってしまうのですが、「ウィリアム・ウィルソン」にも「近代と人間」という主題を見出そうとしてしまうのです。先ほど挙げました『ジキル博士とハイド氏』とこの作品が大きく違うのは、近代化の流れが一九世紀の前半と後半で欧米ではかなり変わってしまっていたことを反映しているかのように、「ウィリアム・ウィルソン」にはまだ「近代化の確立」は見いだせないのではないかと。それが『ジキル博士とハイド氏』と大きく異なるところだと思います。潮が満ちてきて、次第に足元が濡らされていくように、近代化は人間社会のすべてを変えてしまうわけですが、その過程で、「名前がついていないもの」の存在を許さなくなってしまう。「名前がついていないもの」は名前をつけないと、存在できなくなっていくわけです。だからクエスチョニングの話を始めたのですが、性的に「こうだ」と言い切れない人間が、早くラベルを付けろと迫られていくわけです。主人公か分身のいずれがいずれを殺したのか、というのは大した問題ではもはやなく、むしろ「殺さないと生きていけない」という、追い込まれた心情が重要ではないかと。自分のなかの一部を殺さないと生きられない、という近代化の精神そのものが、この小説のラストシーンが映し出していることなのかな、と思ったりもします。

私の先祖の一人が佐賀鍋島藩の藩士だったので、同じ藩士である山本常朝（一六五九―一七一九）の『葉隠』（一七一六）には、昔から惹かれていました。『葉隠』は明快に衆道を肯定し、奨励しています。『葉隠』が書かれた江戸時代よりさらに遡った戦国時代には、衆道は「武士の嗜み」と考えられていた節もあり、多くの戦国大名が「嗜んで」いたわけです。男性が男性を愛することは、男性が女性を愛することと同等に見なされたわけではなかったにせよ、選択肢として自由であったわけです。

日本のこうした事情は、時期のズレこそあるでしょうが、欧米でも方向性としては同じだったのではと、推測します。つまり、近世を経た、近代化という過程において、自分が何者かという問題が浮上するわけです。自分が誰なのか、「名前をつけなさい」、「ラベリングしなさい」と強いられる社会となってきたのです。その苦しさ、その息苦しさみたいなものが、この小説を読んで、すごく感じられるように思います。おそらくそれは、つい最近まで続いていたことであり、先ほどの『藍色夏恋』は二〇〇二年の映画作品であるわけですが、性差についての、この程度の自由な考え方すら描かれることができなかった、許されなかったのが、二〇世紀という時代だったのかと考えたりもします。

町田　性というものは、歴史や文化から切り離せないものですね。日本でも、明治に入って西洋医学などの導入で、男性同士の恋愛が「変態性欲」として扱われるわけです。ラベルを貼られるようになったからこそ、衆道の文化がなくなった、という言い方もできますね。それまでには文化的に衆道がむしろ奨励されていたという歴史があったわけですから、自分がまさに生きている性というものが、自分が生きている時代の歴史や文化と切り離すことができないものなのだ、とすごく感じますね。

名前をつける、という行為のデメリットですが、名前をつけようとしたり、カテゴリーに入れたりするなかで、そこからはみ出るものについては、切り捨てられてしまうというところですね。その一方で、名前があるからこそ、「自分はこのような性なのだ」と思うこともできるわけです。「自分はクエスチョニングなんだ」などとかですね。他にもクエスチョニングの人がいるのだ、という安心感にも繋がるわけです。ですからカテゴリー化がすべていけないというわけではないとは思います。ですが、両義性があるというべきなのでしょうか。名前があるからこそ、自分の体験をより明瞭に語ることができるようになったりするだとか、同じような体験を持つ他者と出会いやすくなる一方で、言葉では包摂できない自分の体験がむしろ語りづらくなる、あるいは隠蔽することが求められたりするという側面もあるのではないでしょうか。そういったカテゴリー化の持つ両義性について、考えてしまいます。

辻　町田先生はインタビューの専門家なので、すごくお話を聞かれるのがお上手ですね。こちらがお話を引き出さないといけない立場なのに、むしろこちらがもっと話をしたくなる。そういう空気をつくりだされますね。

町田　いえいえ、とんでもないです……！

辻　おっしゃるとおり、名前があるから何者か分かる、という側面もあるので、ラベリングがそのまま悪だというわけではないですね。

そろそろラストシーンに迫ろうと思うのですが、もう一人の「自分」を刺した私は、その相手にこのように言われるわけですね。「この私の死によって、それはご覧のとおり、君自身の死でもあるのだが、どれほどすっかり、君が君自身を殺してしまったかを、見るがよい」("in my death, see by this image, which is thine own, how utterly thou hast murdered thyself," 448)。

動詞がkillなどではなく、murderであるというところが大切だと思います。「無残にも殺してしまったかを」と意訳してもよいかもしれないですね。惨たらしく殺してしまったわけです。

自分が「ラベリング」した結果、自分にはもう一人の「自分」がいることが分かって、それは邪魔だから消してしまうという話だと解釈できるのですが、そういうことをやってしまえば、最終的にはその自分という主体も、無残に「殺される」ことになるよ、というようにも捉えられるかと。ポーは「自己を一つのものに統一させないといけない」とやはり考えていなかったと思われるのですが、町田先生はこのあたりいかがお考えでしょうか。

町田　先生のおっしゃることに、そういう見方もあるのか、と新鮮な思いを持ちました。うまく統合できなかった、という帰結に持ち込んだところもおもしろく思いますね。ラストシーンでは、もう一人の分身の声を聞くような方向性もありえたのではないか、という疑問を持っていたので、おっしゃるような読み方はしっくり来ます。

辻先生は、うまく統合されないほうが人生が深まるというか、統合されないところに意味を感じておられるのかなと考えたのですが。

辻　たとえば「現代社会においては」という括弧付きで、考えてもよいかもしれないですね。つまり現代社会においては、アイデンティティを語る際に、ラベリングすることができないということはよくないので、自己を統一することは最終的に必要になってくるわけです。そのためにラベリングの数を増やすということが、今奨励されているのかなと思っています。ただ、もしも近代化以前の社会にいるとすると、名前がつけづらいものには名前をつけないという選択肢もあったのではないかとも考えるのですけど。少なくとも、この短編を私の解釈で読む限りにおいては、そんなメッセージを感じたりもするのです。でも確かに、町田先生がおっしゃっている「ラベリングの大切さ」のようなものは、現代社会においては、とても大切なものであるということも理解できます。

町田　名前を付けないという選択肢もあるのでは、というお考えには、たいへん共感しますね。セクシュアリティに関する文脈に戻りますが、LGBTQ以外にも、大量のアルファベットが並ぶ表現などが次々に提案されていて、まことにさまざまなセクシュアリティが存在するようになってきています。身近なところでいうと、Facebook の性別欄では、たくさんの性別が選べるようになっています。それはそれで自分の性のあり方を、なんとか言葉にしたいという、涙ぐましい努力の成果だとは思うのですが。他方で、やはり言葉にできないかもしれない体験も大切にしないといけない。自分の体験として置いておくというようなあり方も許されるべきなのではと思います。それがまさしく前近代的なあり方に見出すことができるというか、名付けられないものもあっていいのではと認められるあり方、そうしたあり方と繋がっていくべきなのではと考えています。

辻　うまく前近代的な自己を取り入れた主体のあり方も、探っていきたいなとも思いますね。そうですね。また新しいカテゴリーを作って、そこに新たに提起されたものを含めていくというのも、一つのあり方だとは思います。前近代が正しいということでもなく、名付けられないものと、いかにして向かい合うかということですね。

話がずれるかもしれませんが、世間でいわれているほど、完全なヘテロセクシュアルというものが存在するのだろうか、時々感じたりもします。どういう次元なのか、という問題もあるわけですが。

小林秀雄（一九〇二―一九八三）の弟子である隆慶一郎（一九二三―一九八九）は、おそらくすべての作品で、男気なるものを描いた作家ですが、代表作であり、漫画化もされた『一夢庵風流記』（一九八九）では、奇妙な自分の体験について語っています。テレビ局で脚本を書いていた時代に、ある男性のディレクターと反りが合わないことがあり、思い切って、個人的なデートを申し込みます。ディレクターは当日はワインレッドのスーツを着て現れます。精一杯のお洒落をしてきたわけですね。そして一夜、二人だけで呑み、「分かり合う」わけです。

これを読んだときに、隆が描く「男気」というのは、単純なヘテロセクシュアルな視点では理解できないものだなと。これは衆道の世界でもあるんだな、と気が付いたんです。そういうものを描こうとしていた隆は、単純な意味での、完全なる異性愛者ではないとも考えました。

性のカテゴリーというのは、はたして多くの人が思い込んでいるほど堅固なものなのだろうか、と思います。

町田　まさしくそのとおりで、私も完全なる異性愛者というのは、ほとんどいないと思います。カテゴリーとして異性愛者だと思っている人でも、一生涯のうちの一瞬一瞬を切り取って見たときに、「あの友達、カッコいいな」と思ったりだとか、「あ、触れてみたいな」と思ったことが一秒でもないかというと、それは疑問ですね。そのようなミクロな視点で見たときに、本当に一〇〇パーセント異性しか好きにならない人がどの程度いるのだろうか、とも思いますね。

異性、と述べたときに、「どのくらい異なった性」として見るのか、というところも、言葉の問題としてあると思っていまして、体が異性なのか、あるいはその人のジェンダー・アイデンティティが自分とは異なる性なのか。そのあたりも厳密に見ていくと、曖昧なところがありますし。

辻　また、それと関連して、一九四八年と一九五三年に実施されたアメリカの調査（キンゼイ報告）は、性行動を「0 異性愛行動のみ」～「6 同性愛行動のみ」という七段階で測定し、人の性的指向が連続体であることを示す先駆的な研究で、性的指向を連続体として見る視点は現在にも受け継がれています。

「異性愛が正常である」という現代社会のリミッターを脇に置いて考えたときに、異性愛者とされる女性も男性も、蓋を開けてみると、一〇〇パーセントのヘテロセクシュアルではないといえるのではないか、と考えています。

『アメリカン・ビューティー』（*American Beauty*, 1999）という映画のなかでは、ホモフォビアの元海兵隊軍人の中年男性が出てくるのですが、エンディングでは実は彼はゲイ的指向の持ち主であったことが発覚します。軍人として、あるいは一般男性として何十年も生きてきたというプライドが、彼に彼自身の性的指向を認めさせないわけですね。「ウィリアム・ウィルソン」

の主人公と同じく、自分で自分を殺して生きていたわけです。最後にそうした気持ちが爆発してしまい、人を殺めてしまうに至るのです。

そういうことも語ることができるようになったのが、二一世紀を目前にした、二〇世紀末だったわけですね。男性が、男性でないものをいささかでも抱えて生きることは、周囲にすごく言いづらかったことでした。そして今なお、それは言いづらいのではないかと思うのです。

先ほどの町田先生のお話ですが、本音の部分を、自分自身にすら、まだまだ語ることができない男性がいるということじゃないかな、と感じたりもします。

町田 そうですよね。「男らしくなさ」を語ることの難しさは、ありますね。女性が「女らしくなさ」を語ることは、日常的に見受けられるわけで、そこまで抵抗を抱えておられる女性の方は、現代においては少なくなっているように見えます。まだ男性の場合は、おっしゃるとおり、そこが強固ですよね。ジェンダー学のなかでも、男性学では、そういった男性の「弱さ」が少しずつ語られるようになってきているかとは思います。

「統合」の話に戻りますが、性別移行の際には、過去の自分を一旦、「偽り」のものとして対象化する側面があるのですが、移行後には、その分身も現在の自分に息づいているものとして再統合をはかっていくのではないか、とも考えます。

辻 「再統合を図っていくのではないか」とおっしゃいましたが、「再統合を図れたら幸せだな」とお考えなのか、それとも「再統合が図れない可能性があっても仕方がない」という諦念も範疇に入ったお考えなのか、いずれでしょうか。

町田　「再統合を図れたら幸せ」という気持ちは確かにあったのですが、今お話しをしている間に、そのあたりも揺らいできたかもしれませんね（笑）。過去の自分のあり方が、今の自分にとって、ある程度不快ではないものとして取り入れ直すという作業自体は、必要なんじゃないかなと、まだ思ってはいます。ただそれが「統合」という綺麗なワードにのみ収まるのかなという疑問が湧いてきていますね。辻先生は、いかがですか？

辻　言葉の選択がすごくお上手だなと感心して伺っていたのですが、私の場合は「統合」という言葉に、すごくひっかかりがありまして。何らかのかたちで丸く収まるだとか、落としどころを見つけるだとか、そういうことが必要だとは思うのですが、「統合」という日本語には、どこかしら欠け落ちているニュアンスがあるような気がします。そういうモヤモヤ感が「ウィリアム・ウィルソン」のラストシーンに重なるんですよね。あくまで私の解釈のなかでは、ですけど。もし一人の人間のなかで、一つの自我を殺すところまで追い詰められないと、もう一つの自我が生きられないとすれば、そんな人生ってどのようなものなのだろう、という疑問が今なおあったりもします。

町田　学生時代に大学の授業で見た映画に、『イブの三つの顔』（*The Three Faces of Eve*, 1957）というものがありまして。多重人格の症例に関する映画なのですけど、実際にあった症例を少し脚色して映画化されたものなのです。どちらかというと『ジキル博士とハイド氏』の方に近い作品なのかもしれませんが。女性の患者が、ひどい頭痛と記憶喪失に悩まされ、夫ともに精神科医のところを訪れます。彼女は、きっちりしていて、清楚で、遊びの要素がないような人物です。彼女の人格が変わると、本来の名前であるイヴ・ホワイトからイヴ・ブラックという名前に変わるのですが、小悪魔的で、精神科医すら誘惑するような性格に豹変するのです。映画のなかでは、その二つの人格が融合されるわけではなく、片方がもう片方を「殺す」ということもなく、また違う第三の人格が登場します。その人格はホワイトのことも、ブラックのことも知っているのです。その人格が主人格のようになっていき、映画の物語は閉じられます。

統合、という主題を考えた際に、この映画が参考になるような気がして、今お話しさせていただいたのですが。映画では第三の人格が主人格になって、ある種きれいにまとめて終わるのですが、映画の元となった実際の症例では、三つ目の人格で収まらず、また異なる人格が登場してくるなど、いろんな変遷があったようです。人格やアイデンティティの「統合」とは、なかなか一筋縄ではいかないものだな、と思いますね。

辻　おっしゃるとおり、まことに難しいものですね。

いずれにしても、ポーの「ウィリアム・ウィルソン」は先駆的に人格やアイデンティティの「統合」という主題に注目した作品であり、今日もなお、この解決の糸口が明確には見えない問題を、混沌としたまま、映し出している深い淵のようにも思います。町田先生のようなジェンダー・アイデンティティの専門家のお力を借りることが今後もできるならば、その深淵にさらに挑むことができるようにも感じました。

（二〇二二年九月三日にＺＯＯＭにて収録）

【参照資料】

＊この一覧の表記や書式については、一般的なジェンダー研究のものを下敷きとした。

Nunnally Johnson (1957)『イブの三つの顔』（*The Three Faces of Eve*）20世紀フォックス映画

易智言（2002）『藍色夏恋』（藍色大門）マクザム・オリオフィルムズ

第六章

【対談】

ポーの「黒猫」

近代的な「まなざし（視線）」

光田尚美×辻和彦

対象作品：「黒猫」

アルコール依存症に陥った「私」は、やがて家族同様だった黒猫を虐待し、殺してしまう。酒場で似た猫を連れ帰った「私」は、再びその猫を殺そうとするのだが、制止する妻を殺してしまった。地下室の壁に妻の死体を塗り込めた「私」は、自らの罪を完全犯罪によって塗り消すことに成功したと信じ込んでいたのだが——。

教育思想研究がご専門の光田尚美氏と対談することで、ポー文学のエッセンスを代表するようなこの短編「黒猫」("The Black Cat," 1843) の魅力を、さらに掘り下げようと試みた。

辻　一応同じキャンパスで働いているのに、光田先生とはなかなかゆっくり打ち合わせすることもできず、とうとう本番になってしまったのですけれど(笑)。

光田　私は文学作品を読むことが、結構好きなんです。持っている教員免許が、高等学校と中学校の英語免許でして。大学時代、教育学部の中で免許を得るための単位をすべて揃えることができない仕組みであったので、よく文学部にお邪魔していました。英語教員免許を取るために、文学の科目が必要だったので。

辻　確かに文学の科目がありますね。

光田　小説やエッセイを読むことが楽しくて、最低取得科目数を超えて、文学の科目を履修していました。今思うと、文学を専門としない学生が授業に混じっているのは迷惑だったのかもしれない（笑）。アメリカ文学やイギリス文学の授業のなかで、レポートを書くために作品などを読まなくてはいけません。好きだっただけで、研究の素地があるわけではないのですが。ただ私自身の専門が教育思想研究で、対象の人物の研究をするので、その人物が書いた本を「解釈」しないといけないわけです。そのあたりが文学研究と通じるところがあるのでは、と思います。

辻　私と同じように英語圏文学研究をおこないながら、教育学部に勤務する友人が何人かいるのですが、彼らが言うには、文部科学省には足を向けて眠れないなと。現在は英語教員免許取得のためには、文学系科目の履修がほぼ不可欠ですから、キャンパスの何処かには英語圏文学の専門家がいなくてはいけないわけです。全国津々浦々の大学に英語圏文学研究者がいられるのは、現在の文部科学省の方針のおかげであると。

文学の力が失われたというようなことが言われるようになって、随分久しいのですが、どうやら国はまだ文学を完全には見捨てていないようですね（笑）。

光田　国語の場合だと、教科書などからずいぶん文学作品は減ってしまいましたね。悲しいなと思いますし、若い人たちにこそ、もっと読んでもらいたいなと思います。

私は学生時代には、文学の授業からずいぶん刺激を受けました。文学を専門とされている先生方は、本当に文学がお好きなんだなとも感嘆しましたね。今は許されないでしょうが、海外に行かれた先生が「おみやげ買ってきたよ」と飲食物などを用意されて、授業のなかで振る舞ってくださいましたね。それで「では読んでみようか」、「ここはどう思う?」とか言われながら、ざっくばらんに授業を進められるわけです。「これが大学の授業なんだな」と当時は感激していました。

辻 今は確かに無理ですね。ところでポーとの出会いは、もっと早い頃だったそうですね。

光田 小学生のときに、とにかく本が好きな子だったようです。親には「本の虫だったよ」と今も言われますね。いつも図書室に行って、片っ端から目に付いた本を読んでいました。でも衝撃的でしたね、ポーの「モルグ街の殺人」("The Murders in the Rue Morgue," 1841) は。「オランウータンが犯人なの?」って。子ども心ながら、なんて斬新なんだろうと。びっくりしました。

辻 その「モルグ街の殺人」が世界で最初の推理小説とされていまして、あそこから始まったと考えると、逆におもしろいですよね。如何に洗練されていないところから始まったか、という言い方もできるかもしれません。真犯人がオランウータンというのは、逆に現代の推理フィクションの枠組みでは、ありえないのかもしれないですね。

光田 その当時は、なるほど、と思ったんですね。作品をクリエイトするとは、こういうことかと。おもしろい、と思いました。

辻 「黒猫」はその後に読まれたのですか?

光田 そうですね。最初は「モルグ街の殺人」と同じ人が書いたと知らなくて。とにかく「黒猫」だから、怖い話なのだろうと。当時は怖い話が好きでしたから。そういうのを期待して読んだのですが、小学生には掴みきれないお話で、当時は不思議なお話だ、という認識でした。怖い話だな、とも感じていましたね。

今なお、「黒猫」のお話のなかに、何か強烈なものを感じるのです。今回そういったあたりをお話しできないかと。

光田 「黒猫」を仮に教科書に採用するなら、何年生ぐらいが適切でしょうか？

辻 怖いお話、というカテゴリーにすると、十分児童向けといえるのではないでしょうか。ただ内容を深く理解するためには、大学生くらいにならないと難しいかもしれませんね。

光田 私は中学生くらいに初めて読んだ記憶があるのですが。いずれにしても、中学生でもなお難しい、高校生でようやく、といったところでしょうか。

辻 光田先生は、小学生に読んだ際と、現在読み直した際では、この作品に対する印象や読み方はかなり変わられましたか？

光田 読後感なんですけど、何か「分からなさ」が残る不思議な印象なのです。それは変わらないかもしれません。

ただ、年を重ねて、ある程度勉強して、今読み直してみると、その「分からなさ」をもう少し解明したいというか、そういうことができるようにはなりましたね。

辻 先生はこの物語の語り手に関心を持たれているようですが、文学研究ではナレーターに注目するというのは、たいへん大事なあり方ですね。

私自身もこのナレーターは結構曲者だと思っていまして。発表当時はやはり「モラル」というものが大事な時代ですから、「モラル」を真正面から破壊するような作品のあり方は難しかったはずです。当時の読者は今よりも倫理的に厳しかったですから。とくにキリスト教的な意味でそうですね。

つまり主人公と作者ポーが一体であるような受け止められ方は、絶対にされたくなかったわけです。ですから作品冒頭のところで、すごく周到にそのことを述べているわけですね。「私にとっては、たいへん恐ろしい事件であったのだが、多くの方々にとっては、怖いというより、とっぴな話にすぎないのかもしれない」(849-850)。

読者に対して、「あなた方ほどの知的な方々であれば、作者の私がモラリストであることは、ちゃんと分かってくれていますよね」と念押しをしている箇所といえるでしょう。語り手は確かに、最後まで読んでもよく分からない人物なのですが、冒頭のところで「この語り手は、読者よりも格下の人間である」と宣言されているわけです。後に殺人を犯すような人間なので、モラリストではないというように格付けされています。一方で読者の方には、「あなた方は賢いので、なぜこんな男が破滅したのか、よく分かりますよね」と断りがなされるわけです。それによってナレーターの立ち位置も、ある程度は見えてくるところもあるかもしれませんね。

光田　この作品をポーが書こうと思った背景には、恐怖小説、もしくは怪奇小説という部分を意識して演出しようとしていたことも関係しているのではないでしょうか。つまり「私」とポーが一致しているからではなく、「私」をポーが怜悧に演出しているというところが、恐怖も演出しているわけです。

私は近代ヨーロッパの教育学を専門としているのですが、近代という世界の脆さ、危うさを表現することで、近代教育の洗礼を浴びてきている人たちの潜在的な恐怖心みたいなものを煽るという意味では、十分成功している作品である気もするのです。

辻　そこはまったくおっしゃるとおりかと思います。

光田　また何度か読んできて、この作品の「分からなさ」についても考えてきました。主人公の「私」が「飲酒」が原因でおかしな状態に陥っていくわけですが、どういうわけか「私」は淡々と自分の実情を、突き放して語るのですよ。たとえばこの時に多重人格的なものがあって、人格が切り替わっているとすると、こんなに記憶が鮮明なのは、むしろ不思議である気がします。上からカメラで撮影しているような、俯瞰的な視点で、自分自身について語っているようにも思えます。

そこから、「私」とは「何」なんだろう、と考えてきました。猫に蛮行を働いている「私」と、それを冷静に見ている「私」がいるわけです。「あまのじゃく」（"PERVERSENESS," 852）と表現される性質の「私」と、そうではない「私」が同時に存在しているとすると、これは「誰」なんだろうと思い、その際に「鏡」のイメージが重なってきたのですね。

　クラウス・モレンハウアー（Klaus Mollenhauer, 1928-1998）の『忘れられた連関〈教える-学ぶ〉とは何か』（*Vergessene Zusammenhänge. Über Kultur und Erziehung*, 1983）を読んだのは、大学生のときです。教育学部の授業のなかで紹介されたのですが、そのなかに印象的なエピソードがあります。スペインの宮廷画家ディエゴ・ベラスケス（Diego Rodríguez de Silva y Velázquez, 1599-1660）の作品に、『ラス・メニーナス』（*Las Meninas*, 1656）があります。この絵には、巨大なキャンバスに向かうベラスケス自身の姿が描かれており、中央には王女、その周辺に侍女や道化、犬が集まっている。そこから離れた後方には、宮廷付きの家来と、開いた扉には国王の侍従が立っており、後ろの正面の壁にある〈鏡〉には、スペイン国王夫妻が映っているのです。

『ラス・メニーナス』プラド美術館蔵

　ところで、この絵のなかのベラスケスは巨大なキャンバスに何を描いているのでしょうか。宮廷画家であることからすれば、ベラスケスの視線の先にはスペイン国王夫妻が立っているはずで、実際に〈鏡〉にも映っています。しかしながら、モレンハウアーは、登場人物の視線や現実の空間に注目したアゼミッセン（H. U. Asemissen）の解釈を導き手に、ベラスケスが描いているのは『ラス・メニーナス』だと解釈します。つまり私たちが見ているままのものを、ベラスケスは何ひとつごまかさず、あるがままに描いているというのです。それも、右正面の壁に一枚の強大な鏡を配置することによって、です。

この仕掛けについて、モレンハウアーは次のように述べます。「この絵のなかには、当時のヨーロッパの状況を特徴づけるような、教育理論的な伝達内容が暗号化されている。すなわち、『鏡部屋としての世界』、『画家は絵を描く。しかし見るがいい、絵はすでに描かれてしまっている』と」（74）。

「これはいったいどういうことか」とモレンハウアーは続けます。そこで例示されるのが、ウィリアム・シェイクスピア（William Shakespeare, 1564-1616）やペドロ・カルデロン・デ・ラ・バルカ（Pedro Calderón de la Barca, 1600-1681）、ミゲル・デ・セルバンデス（Miguel de Cervantes Saavedra, 1547-1616）の戯曲です。たとえば『ドン・キホーテ』（*Don Quijote*, 1605）では、主人公ドン・キホーテがある印刷所を訪れ、彼自身の物語がそこに印刷されているのを発見します。そして「この本を私はもう知っている」と言うのです。

辻　なるほど、『ドン・キホーテ』はメタフィクションの仕掛けが幾重にもされていると評価されていますよね。

光田　当時、ヨーロッパのさまざまな地域が財政的困窮に追い込まれていました。堅固と思われた資本市場が危機に陥り、穀物価格の高騰や貨幣価値の低下によって人々の生活は窮乏し、経済や文化の中心として数百年も栄えてきた都市が荒廃しました。こうした大規模な紛糾のなかで、世界は一義的ではなく、さまざまな役割が交換可能なものとして感得され始めます。

この世界の何が現実であり、何が仮象なのか。この世界を誰が支配しているのか。それは封建貴族なのか、都市貴族なのか。はたまた神か、悪魔か。

ベラスケスがキャンバスに描き出した鏡像もまた、これらの問いを未解決のままに提示しています。しかもこの鏡像は、現実をそのままに映し出しているわけではありません。後方の壁の〈鏡〉は、実は肖像画だと考えられます。アゼミッセンによれば、『ラス・メニーナス』が描かれたとされる部屋に照らして見ると、〈鏡〉にはスペイン国王夫妻の全身が現われ、ベラスケスや侍女、マルガリータの背中が部分的にも見えるはずです。また、前方に夫妻が立っているのであれば、王女や侍女、家来らの視線は前方に注がれなければ不自然なのです。そうだとすると、さらに奇妙なことになります。その肖像画では国王が女王の右側にいるのですが、当時の宮廷絵画の作法によれば、国王は女王の左側にいなければなりません。つまり、この二人の人物のみ鏡像的に示されているということになります。

何が現実であり、何が仮象なのか。〈鏡〉は現実を映し出しているのか、あるいはそれを歪めているのか。めまいのするような問いを投げかける前近代のメディアに、「黒猫」が重なっていくように思われるのです。

辻　それはおもしろいですね。

光田　モレンハウアーが語ろうとしていることをまとめると、近代の教育思想が根ざしたものは、そうやって世界を切り取って見えるかたちにしてきたことにある、ということです。近代の教育学が目指したものとは、私たちが世界を理解する、ということであり、たとえば「分かりやすく並べる」という一例がカリキュラムの概念であって、「分かりやすく理解させる」というのが、教育方法であるわけです。この近代の「世界を切り取り、見えやすくしていく」という構図が、この絵画に見て取れるということですね。

近代の教育学は、それがなぜできるか、という説明のために、「私」という主体を理性あるものとして置いているのです。「人間には理性があるので、世界をこうやって読み解くことができる」という前提があるわけです。つまり教育というのは、そこがスタート地点になるわけですね。それを効率よくおこなうためのシステムが、公教育の制度であったり、学校であったりするということになります。

なぜ『黒猫』が怖いのか。説明できる「私」の存在が重要です。この世界を切り取って、説明して、意味を与えて、理解できる「私」というものを、すごくアヤフヤにしてくるところが、怖いわけです。理解しているはずの「私」の前提を、ぐらぐらにさせてくるところが、恐怖を招いているのです。気味が悪いわけですよ。

とくに近代のシステムのなかで生きている私たちにとって、おそらくはこの前近代的価値観が怖いのです。前近代では、目に見えないだとか、よくわからないだとか、曖昧なものを、そのままで折り合いをつけてしまえたのです。何となく自分たちには理解できる「おとぎ話」のかたちに落とし込んだりして、納得したのです。あるいはそのために、魔女、悪魔、神すら生み出してきたわけです。

近代となって、そういうものまでも説明が求められます。というのは、「私は理解できる」から、です。「私」には理性があり、読み解けるから、ですね。そこを挑発してくるのが、「黒猫」です。「ほんとうにあなたは理解できるのですか」と投げかけてくるのです。

「私」という主体を問い直されると——近代教育学はまさにそこに立脚して作られているのですが——そういう土台が揺るがされてしまうのですね。今まさに、その近代教育学の限界みたいなものが指摘され始めていて、もう一度これまで作られてきたものの原点に戻って、何が課題となるのかを、見つめ直さないといけない時期でもあるんです。そこに「黒猫」の影が被さってくるわけです。

辻 鏡のイメージに触発されてお話ししますと、ポーの作品解釈に鏡像段階論を持ち込んだジャック・ラカン（Jacques-Marie-Émile Lacan, 1901-1981）のことが想起されますね。ただ光田先生のお話は、「鏡像」の話ではあるものの、ラカンの解釈とはまったく異なるもので、新しさを感じました。「不確かなもの」は、近代のなかで無理矢理「確かなもの」に組み替えられてきたわけですよね。

物語の冒頭に戻りますと、語り手は「明日は死ぬのだから」（"But to-morrow I die" 849）と述べています。最後のオチから考えても、死刑囚であることが示唆されているわけです。この流れから考えると、「死を目前にしているわけだから、真実を語るのだろう」と当時の読者は思わせられるわけですが、光田先生がご指摘くださったとおり、どこかしらこの「私」は「分からなさ」を秘めていて、言い換えれば、嘘くさいわけです。現代の読者であれば、この「私」の話はどこまでが本当なのだろう、と誰しも思うのではないでしょうか。

異常に精度が高い描写をする一方で、あやふやな語りも目立ちます。バランスがとれていないんですね。それはまさに近代的なものが、「許せない」存在だからなのではないでしょうか。説明がつかないもの、なのですね。

光田 おそらくその当時は、分かりやすいものの重要性については、今以上に啓蒙されようとなされていたのではないでしょうか。そういうなかにあって、あえてこの不確かさをぶつけていくという手法はおもしろいですね。それを現代の読者が「怖い」と感じるならば、人間に潜在的に存在する、不確かなもの、説明がつかないもの、うまく言えないものなど、そういうものたちを軽視している土壌が、現代にあるのかもしれません。

辻　作品背景についても振り返っておきますと、この作品は一八四二年くらいに書かれたと推測されていまして、その翌年に『合衆国サタデーポスト』誌に掲載されます。この頃はポーがその才能を発揮できる頂点にあった頃でして、その前年の一八四一年に、先ほど話に出ました「モルグ街の殺人」を発表しているのですね。同時にその年に、『グラハムズ・マガジン』誌の編集者になっています。

そういうことで作家としての才能も波に乗っていた頃ではあるのですが、一八四二年にはその仕事を辞めざるをえないことになります。彼の社会的地位は、その人生のなかで頂点に達していたわけですが、そこから見事に転がり落ちるわけです。そしてまた、彼のプライベートの方も、転落の方向にありました。妻のヴァージニアが一八四二年一月に吐血し、結核であることが判明するのです。家庭的にはどん底の状態であったとも言えるかもしれません。他の親族を結核で度々喪失していたこともあり、ポーのこの病への恐怖はただならぬものだったでしょう。そういうことで、仕事も家庭生活も昏い方向に向かっていたのですね。

そこから三年ほど、アルバイトのような仕事で食いつなぐ時期が続きます。やがて一八四七年には妻ヴァージニアは結核のために亡くなります。こうして自分の人生が転落していく過程において、この作品が出版されたのだとすれば、間違いなくこの作品の「不確かさ」には、彼の人生が反映されているといえるでしょうね。作品構成上の技法として「不確かさ」が演出されているのも間違いないですが、ポーの狙い以上にそれが機能しているのは、「明日の自分の生活も分からない」状態の頃に書かれているというところにあるのだろうと思います。

光田 予見していた、といえるかもしれませんね。自分が描いた世界に現実が呑み込まれていくかのように。

辻 もう一つ目を向けないといけないのが、アルコールの問題ですね。ポーとアルコールについては、今なおまとめるのが難しい状態で、どの程度の問題をポーが抱えていたのかについては、研究者によっても、かなり差はあると思います。しかしながら、何らかの問題を抱え込んでいたのは事実です。

本格的に問題となっていったのは、やはり妻ヴァージニアが亡くなってからでしょうね。そういうことで「予見」とおっしゃったのは的を射ていて、執筆当時は少なくともアルコールに強く依存しているわけではなかったポーが、あたかも未来の自分の姿を描いているように、この作品を執筆している、とすら言えるかもしれません。

光田 書かなきゃよかったのに、と思わないでもないですね（笑）。ルートヴィヒ・ウィトゲンシュタイン（Ludwig Josef Johann Wittgenstein, 1889-1951）は、「主体」の問題を深く考えたのですが、その影響を間接的に受けた近代教育学は、「主体的で、対話的な、深い学び」のようなジャーゴンを強調することが多いわけですよ。そういう言葉を聞くたびに、「主体とは何だろう」と思わずにいられません。

おそらく「主体」という言葉を使う前提となるのは、「強固なる自分」です。世界を分析できる「私」のように。ですが、突き詰めると「主体」というのは、アヤフヤなものです。「主体的に物事に取り組む」というのは、少なくとも、「客観的に物事を見ている」わけではないのです。ウィトゲンシュタインは「語りうることと語りえないこととの境界」に注目しているのですが。

主体というと、単に「切り取られた世界」を見ている、という印象があります。ポーの小説を読むと、あらためて「人間はみんな、世界の境界を漂っているのではないか」という思いを強くしますね。そういう怖さもあるのではないかと。私にはコントロールできない「私」がいるのではないか、とも言えるでしょうか。「あまのじゃく」という言葉は、それを現しているとも考えます。

辻

ポー作品のテキスト編者であるトマス・オリーヴ・マボットの記述を基にすると、二つ重要なことがあります。ポー自身が猫を飼っていて、しかもそれは黒猫だったのです。ポーは猫が大好きだった人間であり、猫を虐待するような者には、かなり強い怒りを感じるタイプであったことが推測できます。つまり作品の語り手とは、真逆の人間であったとも言えるかもしれません。一方で彼は、幼い頃に養母が飼っていた子鹿を殺してしまった経験を持っていたのです。後に深く後悔していたようですが、この一見真逆の事実に注目すると、ポーという一つの人格のなかで、必ずしも「主体」は一つではなかった、ともいえるかもしれません。ウィトゲンシュタインの「語りえないこと」とも同一視できるかもしれないですね。

光田 授業などで学生と話をしている際、「どうしてそのように考えたの?」と問いてみると、「それって、当たり前ではないですか?」と逆に尋ねられることが多くて。「なぜ、当たり前と思うの?」と聞くと、さらに「当たり前だから」と悪びれずに言うのですね。

たとえば「なぜ、みんな学校に行かないといけないんだろう。当たり前となっていることを、まず考えてみよう」というようなことも、投げかけたりします。ですが、これを考えると怖い気持ちにもなるのですが、「私の見ている世界は、はたして当たり前なのか?」という私のものの見方が、彼らには理解できないのかもしれません。そこを確かめるために、いろんな人と話をする、ということにも繋がるはずなのですが、「それは当たり前ですよね?」というような返事が多いのです。果てには、「私を否定された」というように言われたこともありました。「先生はいつも私を否定する」と。ここでいつも不具合が生じることが多いですね。

私にはいつも、「他の人には自分が見えているように、この世界が見えているのだろうか?」

という気持ちがありまして。「もしかすると、同じものを見て、違う世界を見ている人もいるかもしれない」というようにも感じます。ある意味、不安だから確かめようとしているわけです。しかし「当たり前」という壁にぶつかるのです。

そういう意味では、近頃の学生は「主体が確立している」という皮肉な見方ができるかもしれません。

辻　「自分のものの見方って、正しいのかな?」、「他にどんな見方があるのだろう?」というパースペクティヴが、おそらく近代が作り出した「客観視」であるとも思います。先生のお話を踏まえると、ポスト・トゥルースの問題にも触れざるをえませんね。先生が挙げられた学生の視点というのは、近代を抜けた、まさに現代の視点であるのかもしれません。他に視点があるのを知らないし、知る必要もない、ということですね。まさにポスト・トゥルースの世代であるのかもしれません。

光田　学生たちも何となく感じ取ってはいると思います。世界のアヤフヤさみたいなものを、感覚的には理解しているのかもしれない。自分が立っている、まさにその立ち位置を不安定にさせられると、誰でも不安になり、否定したくなるという側面もあるでしょう。社会に出て、いろんな人がいるということを知っていけば、自然と変わっていくかもしれませんね。しかしながら、自我がぐらぐらに揺り動かされた際に、「耐える力」は養う必要があるのではないかと。だからこそ授業のなかでは、大いに「ぐらつかせる」わけです。

「結局、答えは何ですか？」とも言われますね。「正解は——いっぱいあるかもしれませんね」などとお返事することもあります。どこかしら「気持ち悪さ」を残して終わるようにはしています。そういう能力を鍛えたいな、という気持ちもありまして、そういう作業が道徳科の授業とも密接にリンクしているとも考えています。道徳科というのは、「多面的、多角的」の物事を見るというところを目指しているわけですから。正解は一つではなく、最終的には集合知というのか、納得できる解を求めて、対話して議論していく、そういうことを目指しているのです。こういった道徳科を小学校や中学校で、もっとうまく展開させられるのであれば、これからの世の中に繋がる教育に発展するのでは、と考えます。

一方で文学というものも、自己教育といいますか、「ぐらつかせる」感覚の習得のために、大切です。ポーだけではなく、いろんな作家がいろんな作品で表象している、そういうものを、多くの子どもたちが触れられればよいですね。「分からなさに耐える」ことを感覚的に習得していくことが必要です。教科書だけではなく、子どもたちの読む読み物に、そういう作品をもっと盛り込めればよいのに、とも思います。

辻 それはほんとうに必要だと思いますね。残念ながら、時代の流れとしては、むしろ逆の方に回っているのかもしれません。

ポスト・トゥルースという言葉が使用されるようになったのは、二〇一六年におこなわれたイギリスのEU離脱（BREXIT）からだと言われており、あの際に離脱派が、自分たちにとって有利な事実でないことを、事実のように宣伝して、それが十分な批判も検証もされないまま、まかり通ってしまったのですね。そのまま選挙の日を迎えて、彼らは勝利するわけです。こうして「事実に基づいた議論がなされない」ということに注目が集まるようになります。

そして翌年のことになるのですが、ドナルド・トランプ大統領（Donald John Trump, 1946-）の就任式の聴衆の数を巡って、トランプ側とメディア側が対立する事件が起こりました。聴衆の数が過去最大だと主張するトランプ側に対し、多くのメディアが過去の就任式との比較写真などを掲載して、それを批判しました。

大統領顧問のケリーアン・コンウェイ（Kellyanne Elizabeth Conway, 1967-）は米NBCテレビの番組に出演したときに、「あなたたちメディアは嘘だというが、私たちの報道官ショーン・スパイサーが示したのは、代替的事実（オルタナティヴ・ファクト）であった」（“You're saying it's a falsehood, and Sean Spicer, our press secretary, is giving alternative facts to that”）と反論しました。こうして「オルタナティヴ・ファクト」という衝撃的な言葉の登場により、ポスト・トゥルースの時代が本格的に始まっていくわけです。

いうまでもなく、「代替的事実（オルタナティヴ・ファクト）」なるものがあるとすると、事実や真実には常に複数存在する可能性があることになり、あたかもマルチバースの世界の混乱のなかで、人々はそれぞれの「当たり前」にしがみついて生きていかないといけないことになりますね。この世界観では、自分が信じるものがすべてとなります。トランプを支持するのであれば、トランプを支持する意見や批評がすべてとなりうるわけです。それら以外のものは、そもそも「見えない」し、「見る必要もない」ということも起きるわけです。

現代社会でSNSを利用すれば、アルゴリズム機能により、本人の意思とは無関係に、「自分が関心を持つもの」、「自分が好きなもの」のみを読んでいる状態に陥ります。鏡張りの部屋の中に籠もっているようなもので、「自分」しか見ていないわけですね。

そういう世の中となりつつあるわけなので、なおさら光田先生がおっしゃるような「ぐらつかせる」教育というものが、求められているのかもしれません。

また道徳科の話もされましたが、しばらく前に「江戸しぐさ」なるものが道徳教材で取り上げられたということもありました。近世研究者の誰もが存在を認めないような架空のマナーが、あたかも実在したかのように、扱われたわけです。「江戸しぐさ」については、文部科学事務次官を務められた前川喜平氏が政治的圧力により、このようなことが起こったと発言されています。誰かの「思い込み」、すなわち「オルタナティヴ・ファクト」が、客観的事実を押しのけて教育教材に登場したわけであり、ポスト・トゥルース時代を先駆けた「ポスト・トゥルース」

であるといえるのかもしれません。逆説的ではありますが、それに対抗するものとして、文学的なもの、というものが重要になってきているようにも思います。

作品に戻りますが、結局「黒猫」の語り手の話していることは、どこまでが本当のことで、どこまでが嘘なのか、起こったことはどれが事実で、どれが事実でないのか、すべてが混沌としています。たとえばよく「二匹目の猫はいなかったのでは」というような、解釈もあるようですね。二匹目の猫は語り手の思い込みの存在であったのではないかと。そういうことも否定できないわけで、その「不確か」な「気持ち悪さ」に耐えないといけない。それがポスト・トゥルース時代に対抗する術の一つなのかな、と思います。

光田　そのとおりですね。ただ「江戸しぐさ」に話を戻すと、道徳教材には事実に基づかないエピソードも多いのです。

辻　おっしゃるとおりかもしれません。

光田　そういうことについても、道徳の研究者のなかでは賛否両論がありまして。道徳は「書いてあること」をそのまま教えるわけではないところが、他の教科と異なるところです。「江戸しぐさ」についても、それをそのまま教えるのではなく、「こういうことがあるようだけど、どのように考えますか、解釈しますか？」というようにツールとして使用されるわけです。あくまでこういうストーリーがあるけど、それの問題点や課題点を考えてみよう、ということです。そういう意味では、「嘘も含めて教材とする」とも言えますね。

辻　なるほど。

光田　かつて大学時代に、夏目漱石（一八六七―一九一六）や森鷗外（一八六二―一九二二）について触れられた日本文学の授業でも、「ちゅうぶらりんになる感覚」を教えていただいたことがあります。それが「気持ち悪い」し、歯切れもわるいので、つまらない。よく分からない。だけど「その分からないところが、素敵じゃない？」とも、その先生はおっしゃっていました。「何が本当なのかな？」と、その作品を通して考えていくことに価値があるのではないでしょうか。そういった思考が働いていくことも含めて、「素晴らしい作品」が成立するのかなと。

そこから私たちの思考が始まる、というものが、よい教材であると思います。それが私たちを豊かにしてくれる教材であり、そういったものを子どもたちに伝えていくべきです。またそのために、媒介者としての、よい教師が必要になってくるのでしょう。

よく学校教員の方々が、「お勧め読書リスト」のようなものを教室で配布されます。近年ではそのなかに、いわゆるハウツーものや「勉強の仕方」などが増えてきているようにも思うのですが、文学作品もしっかり取り上げていただけたらとも考えます。また読書をさせるだけでなく、友達同士でその感想を語り合う時間も必ず必要ですね。そういうところで、知性が育つ、ということが起こるのでしょう。

辻　すごく美しいかたちでまとめていただけました（笑）。

文学、思想、教育。それらはやはり強く結ばれるべきものですね。「黒猫」については、どこか学校教育には不似合いのイメージをお持ちの方もいらっしゃるのかもしれませんが、「不安定」なこの世界を理解するために、逆に教室には不可欠だと主張してもよいかもしれません。教室の後ろの棚の、隅の方の暗がりに置いてあったとしても、その一冊の本の存在は、生徒たちにとって意味あるものとなるのではないでしょうか。

（二〇二二年八月二七日にＺＯＯＭにて収録）

【参照資料】

＊この一覧の表記や書式については、一般的な教育思想研究のものを下敷きとした。

クラウス・モレンハウアー、今井康雄訳『忘れられた連関――〈教える―学ぶ〉とは何か』みすず書房、一九九三年（初版一九八七年）

ヤン・アモス・コメニウス、井ノ口淳三訳『世界図絵』平凡社、二〇〇二年（初版一九九五年）

Wolfgang Klafki: Pestalozzi über seine Anstalt in Stans. Mit einer Interpretation von Wolfgang Klafki. Beltz Verlag, Weinheim und Basel, 1992（初版 1971）／クラフキー、森川直訳『ペスタロッチーのシュタンツだより――クラフキーの解釈付き［改訂版］』東信堂、二〇〇四年。

ルートヴィヒ・ヴィトゲンシュタイン、野矢茂樹訳『論理哲学論考』岩波文庫、二〇〇三年。

第七章

【対談】ランダーの別荘

根源的自己への回帰の旅

山本 智子 × 辻 和彦

対象作品：「ランダーの別荘」

ある夏の日に、「私」はぶらぶらとニューヨーク州を北上し、迷子となってしまう。そのうちに「私」は、不思議な美しい土地に足を踏み入れ、やがて巨大なユリノキを通り過ぎ、一軒の屋敷に到達する。扉を叩いてみると、一人の美しい女性が現れ、彼女に導かれるまま、屋敷の主である「ランダー氏」と「私」は対面することになる——。

編者の一人であり、発達心理学者である山本智子氏と共に、読者の解釈と理解を阻むようなこの「ランダーの別荘」（"Landor's Cottage," 1849）という短編の魅力を解しようと、語り合った。

辻　なぜこの「ランダーの別荘」に関心を持たれたのですか？

山本　今までポーの作品にどのようなことを期待して読んできたかというと、やはり「怪奇」なんですよね。

あるいは「ありえないような話」であったり、「グロテスクでアラベスク」なものであったり。それがポーだと思っていたのですが、この「ランダーの別荘」を初めて読んだ時に、そうした私自身のイメージにある「ポーらしさ」とは異なる作品だなと思いました。ある意味「おもしろみがない」作品であるようにも感じました。淡々と風景を描いているので。

でも何度か読み直してみると、これまでのポーの作品にはない「怖さ」があるなと。「恐怖」

みたいなものがそこにあった気がするのです。その「恐怖」が何かと考えた時に、ポーが今まで生きてきたことをまとめた上で、自分の死に向かう旅を淡々と描いているのではないか、そこに「怖さ」があるのではないか、と考えました。

辻　「怖さ」があるわけですね。

山本　「怖い」感じがしますね。他の作品は「怖さ」が文章に現れているわけですが、この作品は内に「怖さ」を秘めているように見えます。

辻　なるほど。

山本　そこを掘り下げて考えていくと、私は発達心理学が専門であり、必ずしもそちらに精通しているわけではないのですが、カール・グスタフ・ユング（Carl Gustav Jung, 1875-1961）の考えていたことが参考になるかと。専門ではないのですが、個人的な関心で、一時期すごくユングの本を読む機会があったのです。このランダーの別荘の主人公が淡々と死に向かっていくことへの「恐怖」と「憧れ」を感じることがあって、ユング心理学の「夜の航海」という概念と重なるような気がしました。

なかなか人生というのは思い通りにいかないもので、誰しも幸せに暮らしているわけではないだろうし、大小それぞれの辛いことを、みんな抱えておられますよね。ポーの伝記を読む限りは、彼もまたたいへんな人生を歩んでいたわけですね。それが「夜の航海」という概念に重なるのです。

「夜の航海」というのは、ユング心理学における「元型」の一種といわれています。元型のなかには、有名な「アニマ／アニムス」や「グレート・マザー」などもありますね。これらは個人のものではなく、人類に共通する普遍的なものであるとされています。集合的無意識における作用点にあたるわけです。人種や国籍を超えて、誰もが持っているものと考えられているのです。

ポーの「ランダーの別荘」で描かれる「旅」は、「夜の航海」そのもののように感じられました。ですから、苦しい人生を生きてきた主人公が最後に淡々と「元の自分（根源的自己）」に戻る行程が描かれているように受けとったのです。

「夜の航海」は、ネイティヴ・アメリカンの神話の世界観に起源があり、太陽が朝に東の空から昇って、昼の正午に天空の頂点に達して、西の海に太陽が沈むと巨大な魚に呑み込まれてしまうのです。魚に呑み込まれた太陽は、そのまま東の地平線の底へと運ばれていく「夜の航海」の道のりを経て、再び朝になると東の空から太陽が昇ります。太陽が昇って沈んで魚に呑み込まれて運ばれ、また東の地平線へと夜の航海で戻される、という周期的プロセスが繰り返されるわけです。いわゆる輪廻の一種とも考えられますね。

この作品においては、自分の人生の終着点を意識しつつ、「夜の航海」を辿って、また自分の出発点に戻るという考え方が反映されているのかなと。

辻　「夜の航海」というのは名前程度しか理解していなかったのですが、そういう考え方のことだったのですね。おもしろいです。

山本　ユング心理学には「死と再生」というテーマがあります。再生するためには、何かを死なせなくてはいけない。何かが終わらないと、何かが始まらないのです。ポーの場合は、いろいろなものを喪ってきたという体験が大きかったのかもしれない。だけどそれをバネにして、再生を試みようとした。現実世界ではつらいことばかりが起こるなかで、「庭園」（"The Landscape Garden," 1842）、並びに「アルンハイムの地所」（"The Domain of Arnheim," 1847）の続編として出版された「ランダーの別荘」には、書かなくてはいけない事情があったのではないでしょうか。これを書くことによって、再生に向かいたいというような思いがあったのかなと。その再生とは「生きるということ」とは直接結びついていないようには思いますが。

辻　「ランダーの別荘」は一八四九年の六月に『フラッグ・オブ・アワー・ユニオン』誌（*Flag of Our Union*）に掲載されたのですが、はっきりした執筆時期については分かっていませんね。「アルンハイムの続編」というサブタイトルが付いているので、「アルンハイムの地所」執筆後であるのは、はっきりしているのですが。

山本　「アルンハイムの地所」は妻のヴァージニア（Virginia Poe）が死んでから執筆されたのでしょうか？

辻　ヴァージニアが亡くなったのが一八四七年の一月三〇日で、「アルンハイムの地所」の最初期の原稿は一八四六年後半に執筆されています。ですから、彼女が死ぬ前から書いていたということになりますね。

山本　彼が独自の宇宙論を語ったといわれる『ユリイカ』（*Eureka*, 1848）を書いていたのも、この頃でしょうか。

辻　『ユリイカ』については、遅くても一八四八年の一月頃には準備し、二月三日に或る読書クラブでおこなった講演が、原稿の下敷きとなっています。同年七月に出版されていますね。

山本　ヴァージニアの介護や葬儀に追われながらも、慌ただしく執筆をおこなっていた姿が想起されますね。私自身が執筆に疲れ果てているということもあるのかもしれませんが（笑）、その当時のポーの疲れ果てた心理が、こういった晩年の作品群を産み出した背景にある気がします。苦しい人生というのが、まずあったのではないかと。それに、あれだけ書き続けて、あれだけ貧困に苦しんだというのも、ナンセンスですね。

辻　おっしゃるとおりです。

山本　常にお金の心配をし、病気の妻の心配をしているというのは、苦しさを産み出す反面、それによって逆に生かされている、という部分もあったかもしれませんね。どうしても自分が生きて、稼いでいかないといけないわけですから。

とはいえ、自分一人のことだけを考える時は、つらい心境だったでしょう。だから自分の最後を描こうとしたのかもしれません。自分の最後には、スリルは必要ない。プロットも必要ないわけです。

辻　なるほど。

山本　もはやそういうものを剝ぎ取ったポーが、風景描写のなかで、自分の人生をまとめていったのではないかと。そういう印象を受けました。

辻　この作品のなかに「怖さ」があるということについて深く考えたことがなかったのですが、先生のお話を伺って、とても説得力があるなと感じました。そう言われてみると、確かに「怖い」作品だなと思いました。

山本　淡々と風景を描くのは、怖いですね。私自身が、「ポーは『怖いもの』を書く作家だ」という枠で考えているからかもしれませんが。ポーの詩を読むと、またまったく違う側面の彼もいるとは承知しています。いろんな面を持っていたということですかね。

詩については、たとえば「アナベル・リー」("Annabel Lee," 1849) はとても素敵な詩だと思うのですが、いかがですか?

辻　私は散文が専門なので、詩については正しい理解ができているのか自信がないのですが、すごく美しいイメージが溢れた詩ですよね。

山本　そうなんです。とても美しいですね。韻などについて計算され尽くされている作品である一方、素のポーの人格が現れているようにも思います。ただポーの風景ものは、その美しさともまた異なる気がします。

中井久夫はその著作のなかで「ランダーの別荘」について論じています。彼は精神科医ですが、風景構成法というものを専門にしているのです。治療の際に患者さんに風景を書いてもらい、そのなかにその人の自己や意識をみていくという手法です。この作品を論じた際は、風景描写を解釈し、やはり「死」を意識した「酩酊」の旅だと考えていたみたいですね。

中井の読み方に立つとしても、ポーの危機的な時期にこうした風景ものが書かれていることは重要ですね。また「ランダーの別荘」と『ユリイカ』が近い時期に書かれているのであるとすれば、ポーのなかで、宇宙、神話、この世のものでないもの、そういったものに惹かれていた時期であるともいえるでしょう。

ところで、終盤に出てくるランダー氏と「アニー」は、従来はどのように読まれてきたのでしょうか?

辻　実は私も、これらの人物をどのように捉えるべきなのか、山本先生に伺いたかったのです。アウトラインを簡単に辿ると、「理想の風景のなかに、理想の女性がいる」というようなパターンに落とし込まれかねないのですが、当時のポーの周囲にいた女性たちのことを念頭に置いて読むと、困惑するしかないのです。まずこの「アニー」は、亡き妻のヴァージニアではありません。容姿が異なっています。

たった一人しか女性が出てこないがゆえに、むしろ「不在」こそ、重要視しなくてはいけない要素である気がします。ヴァージニアが出てこないことは先ほど指摘しましたが、ヴァージニアの死後も二人で支えあって生きてきて、しばしば「母さん」と呼んで大切にしてきた義母マリア・クレム（Maria Clemm）もまた登場しません。伝記的には不可解なことに思えます。ポーは結婚してからは、ヴァージニアとマリアと三人で、この家族のトライアングルを大事にして、逆境のなかを支え合って生きてきました。しかし、山本先生がおっしゃる最後の「旅」の風景のなかで、この二人は不在なのです。

代わりに浮かび上がるのは、執筆時期周辺の一八四八年頃に彼が親しくしていた女性たちです。「ランダーの別荘」は一八四八年夏に、彼が実際に行ったニューヨーク市の北側方面の小旅行を元に書かれた短編なのですが、ちょうどこの頃には、彼には複数の女性の友人たちがいました。なかでもヘレン（Sarah Helen Whitman）とは婚約にまで至ります。ヘレンはポーのアルコールへの依存を気にしていたようで、結局四八年末にはこの婚約は延期、実質の破綻となってしまいます。こうしてポーの求愛を袖にしたヘレンだったのですが、しかしながら彼女はポー伝記研究においてはとても重要な人物で、彼女が遺してくれた資料などのおかげで、現在のポー像が存在しているといっても過言ではないでしょう。ポーの死後には、さまざまな名誉毀損のような風評があったのですが、彼女の証言により、それらが立ち消えたという側面もあります。この「ランダーの別荘」の屋敷の壁紙ですが、「ジグザグ模様」であったと描かれていますね。これは実はこのヘレンの家の壁紙と同じであったということが、本人の手紙などによって、判明しています。

しかしながら、「ランダーの別荘」に登場する女性は、このヘレンでもありません。当時ポーは、アニー（"Annie" Nancy Locke Heywood Richmond）という女性とも仲がよかったのですが、書簡などを読んでいると、確かにポーはアニーに対して、非常に心を許しているところがありました。妹的な存在だったのかもしれないのですが、ポーの死後のアニーの振る舞いなどに研究者たちが必ずしも信頼を置いていないところもあり、結局二人がどのような関係性であったのかは、不明であるといわざるをえません。

そしてこのアニーこそが、この「ランダーの別荘」で描かれている女性です。「霊的な灰色」と称せられる、この瞳の色の記述は、彼女の特徴とぴたりと一致するのですが、それ以前に、作中で呼ばれる名前が「アニー」ですから、本人であると認めざるをえません。

一方でヘレンへの手紙のなかでも、この作品の執筆状況と思しきことについて触れたりもしていますので、ある意味、ヘレンへの求愛にも、アニーへの「友情」維持にも「役立った」作品であるとも言えるかもしれませんね。

自分自身の命と同じほど大切だったはずのヴァージニアもマリアも出てこないにもかかわらず、非常に短期間しか知り合っていない複数の女性たちの影が出てくるという点で、この作品をどう取り扱うかという問題は、多くの研究者を悩ませるものだと思います。

さらにややこしいのは、「ランダーの別荘」発表年であり、ポーが死亡した年でもある一八四九年に、彼が最も親しくなり、婚約にまで至っていたのは、さらに別の女性であるということです。エルマイラ（Sarah Elmira Royster Shelton）はポーが一六歳だった時に熱愛していた女性で、こっそり婚約までしていたという説もあります。ポーがヴァージニア大学に進学した後に、別の男性と結婚するのですが、その夫が死んだ後に、二人の間に再び交流が生まれ、四九年の夏にはもう一度婚約を取り交わす仲となっていました。順調に行けば、その年か翌年には、二人は結婚していた可能性が高いのですが、ご存知のとおり、一〇月にポーは急死してしまうのです。

「ランダーの別荘」の雑誌への掲載が六月だったのですが、ポーがエルマイラに求愛したのは七月でした。先ほど述べたとおり、複数の女性たちの影が見え隠れする作品を、また別の女性に求愛していた時期に公にしていたという事実は、あらためてこの作品の持つ意味を混乱に陥れるものです。

こういった作品を、人生の最後に「置く」とするならば、それをどう解釈してよいかについては、苦しむところがあります。どう考えるべきでしょうか?

山本 なるほど。では、ランダー氏とは誰だと思いますか?

辻 ランダー氏は、ポー自身だとはよく指摘されますね。描かれている屋敷が、彼が最後に住んだフォーダムの家のスケールアップ・ヴァージョンのようであるのが、その理由であるとされます。結局のところ、自分自身と会う話だとは、よく言われるところだと思います。

山本 最後に会うということから判断すると、登場する女性はやはり彼のなかにある「アニマ」かなと思ったりします。いわゆる、誰か特定の女性ではなくて、実在しない女性です。そう考えると、ポーは自身の内面の「女性性」=「アニマ」を発展させられなかった人物であるのかもしれません。ランダー氏が少なくとも、その当時のポーと同じ年齢である四〇歳程度の人物であったとするならば、自らの「男性性」は年齢相応にあるいは発展させることができたのかもしれない。でも「二八歳ほど」と描かれている「アニー」=「アニマ」は、まだまだ未熟なものだったのかもしれませんね。

男性のなかにある「アニマ」は四段階に成長していくのですが、最後のステージは菩薩さま的なイメージですね。しかしながらポーは性的、もしくはロマンテックな女性性のステージで留まっていたのかもしれない。自分のことを深く理解し、共に成長することができる女性と出会う機会に恵まれなかったのかもしれないですね。

さまざまな女性たちに囲まれながらも、自分を精神的に成長させ、或いは支えられ、癒やされるという女性には恵まれなかったのかもしれません。だから最後の終着点に存在するはずの女性が、イメージできなかったのかもしれない。イメージできなかったがゆえに、そこに実在の友人の「アニー」を置いておく他になかったのかもしれないです。

辻　なるほど。そこの解釈はおもしろいですね。

山本　ユング派のエーリッヒ・ノイマン（E. Neumann,1905-1960）は『意識の起源史』（*Ursprungsgeschichte des Bewusstseins*, 1949）において、意識の発達の諸段階が、神話のなかに見出せるように、「元型」によって決定されていることを明らかにしました。始源には、蛇が自らの尾を飲み込んでいる円環として表わされるウロボロスが置かれますが、ウロボロスは、人生後半に心の諸対立を統合する自己形成の働きである「個性化」の到達点である「自己」をも表わすといわれています。ウロボロスの次に、その支配下にある自我、すなわちグレート・マザーの段階が現われます。このグレート・マザーは、母親の特性、母性原理を体現しているものです。ウロボロス的な始源状態から、「原両親」の分離によって意識が誕生します。つまりここで切断する機能を持つ父性原理が働き、父と母、天と地、光と闇、昼と夜、男と女などの区別を体験するのです。

人生の最終到達地点が元に戻る、つまり両性具有的ともいえる「区別がついていない状況」に戻るということであるとすると、そこを描いたはずの「ランダーの別荘」において、未熟なアニマしか描かれていないということは、ポーという作家を考える上で重要なのかもしれません。そのような方向性で考えると、この作品の発表前後で複数の女性と婚約関係にあったということも、興味深く思えます。早く家庭を持ちたかったのでしょうか?

辻 そうですね。ヴァージニアがいなくなってからは、ものすごく、もう一度家庭を持ちたかった人であることは間違いないでしょう。

山本 ヴァージニアとはどのような家庭生活を営んでいたのでしょうか?

辻 そのあたりについても、昔から疑問を呈する人はいますね。年齢が離れ過ぎているというところもありますしね。おそらくは、少なくとも初期の段階では、ポーが、貧しい境遇にあった、実父の妹でもあるマリアとその娘ヴァージニアを「背負う」ために行った、一種の偽装した婚姻関係であったと考える方も少なくはないようです。

山本 常に不安定で、自分にぽっかり穴が空いていたことを自覚している人物であったとするならば、ポーがつねに死を意識していたということは間違いないのではないでしょうか。だから逆に、結婚によって何かを背負いたかったのかもしれません。それがこの世に自分を繋ぎ止める糸であるからです。「何かに責任を持つ」ということが、この世に自分を留めておく理由になるのです。

辻 納得できます。

山本　本当に多作な作家ですね。次から次に、よくあれだけ書いたなと。そういうことも含めて、「何かに責任を持つ」ことによって、踏み留まろうとしていたのではなかったかと。ポーがあれほど「家庭」を持とうとしていた理由も同じではないかと。

しかしその「かたちをつくることによって、自分を生かそう」という思いが無意識にあったとするならば、ヴァージニアの死は、やはり大きなものであったと言わざるをえません。新たに婚約をして、家庭を再び作ろうとはしたけれど、その行動はまっすぐに一つに向かっていませんね。

辻　エルマイラとの婚約までは、確かに紆余曲折なところはありますね。

山本　彼の死のことを考えても、「無意識的なスリッピング」が見いだせます。エルマイラが住むリッチモンドから、マリアが待つニューヨークへまっすぐに帰っていないんですね。どういうわけかボルティモアに向かって、そこで謎の死を遂げてしまわったわけであり。

辻　まったくそのとおりです。

山本　婚約して、そして結婚すれば、また「生きる理由」を背負うことになる。また「踏み止まる」ことになる。そうであるとすれば、そこに躊躇し、スリッピングしてしまう衝動が発生するのです。どこかに立ち寄ることで、そちらに向かう抵抗の気持ちが働いているのかもしれない。

ほんとうは結婚したくなかったのかもしれない。ただ「生きる理由」を背負わないと、生きていけないから、そうせざるをえなかっただけかもしれませんね。

辻 おもしろいですね。

山本 自分の死はもうそう遠くないと、ポーが感じ取っていた可能性もありますね。そういう状態の自分をこの世に引き留めておく、いわゆるツールはいらないと考えたのかもしれない。

自分をこの世に生かすツールとして、結婚や家庭を考えていたのかもしれませんね。「夜の航海」を進むなかで、次の朝はいらないという気持ちが働いたのかもしれません。ぎりぎりのところを生きていたわけですから。

辻 おっしゃるとおり、四九年の夏には、マリアに向けた手紙のなかで自殺を仄めかしていますね。四九年には、先生がおっしゃるとおり、もう一度家庭を得て幸せになりたいという願望と、自分を消滅させたいという自殺願望のなかで、揺れていたことは確かです。

山本 他の人にも同様の手紙を書いていたのでしょうか？

辻 残っている書簡で判断するしかないわけですが、やはり自分の心情を包み隠さず書くことができる相手は、マリアしかいなかったのだろうと推測するしかないですね。

山本 辻先生が編集された *Rebuilding Maria Clemm* のなかにも、一八四九年七月七日にポーがマリアに宛てた手紙が収められていますが、そのなかで彼は二度も「私たちは一緒に死なねばならない」と記していますね。あれはどういう意味なのでしょうか？

辻　ちょっと分からないですね。

山本　ほんとうに分かりませんね。マリアとの結びつきが強固であることは分かるのですが。

辻　作品に戻りますが、「ランダーの別荘」の最終場面にいる人物には、やはり、ユング心理学でいう「アニマとアニムス」が描かれていると私は思います。ただその「アニマ」は十分成熟しているように見えません。ポーはロマンテックな段階にまでしか、自らの女性性を育てることができず、そこを超越したものを、終に持つことができなかったのです。そうした状況が、最終的には彼をあのような謎の死に招き入れたのかもしれませんね。

主にユング心理学の立場から「ランダーの別荘」を解き明かしてくださったのですが、ユングの考え方の基盤には汎神論、もしくは一元論が見え隠れするように思います。あるいはネオプラトン主義のようなもので、すべては「ザ・ワン」に統べられるという考え方ですね。

男女が最終的に一つに集約するというようなユングの考え方は、それらにとても似通っているという言い方もできますが、ポー研究では早くから、『ユリイカ』などはグノーシス主義の二元論的宇宙の影響があるのではないか、という指摘がありました。グノーシス主義はキリスト教のなかでも、おそらく最大派閥の「異端派」であるわけですが、非常に大胆に単純化すると、「この世は、狂って記憶喪失となった神が見ている夢に過ぎない」というような考え方で、「悪」の存在理由を説明するという特徴がありますね。あまりにもその思想が「正統派」キリスト教会と異なるので、追放されてしまったわけですが、それらは水面下に潜み、近代まで欧米社会のなかを生き抜いてきたわけです。

ポーがどのような場面かは分かりませんが、人生のどこかでそれらに触れ、触発されて書いたのが『ユリイカ』であったとすると、そこで展開されるのはグノーシス主義の宇宙であるわけです。宇宙の始まりと終わりが一つに内包され、神の呼吸のたびに宇宙が始まって膨張し、そして収縮して終わっていくという、美しい宇宙をポーは描きますが、その骨格はグノーシス主義なわけですね。

そして一元論と二元論はネオプラトン主義の観点からはさして違いがないわけですから、同時にそれはユングの宇宙に近似している、とも解釈できます。ということは、執筆時期が近い「ランダーの別荘」もまた同じように考えられるのかもしれません。

そういう意味で、山本先生のユング思想に基づいたこの作品の読み方は、非常に新しく斬新であると共に、以前からあったグノーシス主義を見出すという読み方とも重なるところがあり、なかなか興味深いなと思いました。

山本 私はユングの専門家ではないので、私がユングから受け取ったものというのは、「生きることの困難さ」を考えることですね。そういう意味で、晩年のポーはどのような生き方を望んでいたのだろうという疑問がありました。ユング心理学の重要な概念である「個性化の過程」は「茨の道」であるとも考えられていて、ポーが過酷な現実人生を歩む姿は、そのあたりに重なります。ポーが「個性化の過程」をもっと貫いていたら、彼の人生はどのようなものとなっただろうかとも思います。

辻　「ランダーの別荘」という小説の始まりにおいては、「私」は夏の日の娯楽として、散歩のような小旅行に気軽に出かけたように描写されます。しかしながら物語の最終場面では時刻はどんどん夕暮れに近づいており、むしろ夜に入りこみつつあるのかもしれません。完全に夜の帳に包まれた時間になった時、再び「アニー」や「ランダー氏」を視野に入れた「私」は、彼らをどのように見たのでしょうか。ポーはこの作品の続編執筆に意欲的であったようですが、彼自身が夜の帳に入り込み、闇へ消えてしまいました。暗黒のなかで「アニー」や「ランダー氏」をどのように見るかという作業は、「私」から「読者」へ手渡されたと考えないといけないのかもしれませんね。

（二〇二三年二月八日にＺＯＯＭにて収録）

【参照資料】

＊この一覧の表記については、一般的な発達心理学研究の事例に沿った。
エーリッヒ・ノイマン　林道義訳『意識の起源史（上）』紀伊國屋書店、一九八四年。

同上『意識の起源史（下）』紀伊國屋書店、一九八五年。

中井久夫「ポーの庭園ものをめぐって」『中井久夫著作集　3巻　社会・文化』岩崎学術出版、一九八五年、一九七―二二〇頁。

河合隼雄『ユング心理学入門』培風館、一九六七年。

終章

ツナミの記憶

エドガー・アラン・ポーと恐怖の彼方に

辻 和彦

はじめに

「ありえない」という言葉に触れるならば、まず最初に想起すべき作家たちがいる。一九世紀アメリカ人作家エドガー・アラン・ポーは、明らかにそのうちの一人であろう。彼は人が日常において通常は経験しえないはずの異様な体験を、豊かな描写力で描くという点において、他の追従を許さない。極限の恐怖体験。誰も目にしたことがない異世界。常識をうちやぶり蘇る死者。人間の理解を越えるような自然の猛威。こうしたものを、あたかも自分自身の目で目撃し、体験したかのような臨場感でもって、ポーはその作品群のなかで次から次へと描きつづけた。

今日、こうした彼の作品傾向は、二〇世紀以降の文化において華やかな位置を占める「映像」との親和性が非常に高いように思われる。とくに技術力の高まりと共に、表現力が増し、また安価になってきたVFX（Visual effects）のおかげで、映画やドラマにおいて、いとも簡単に「ありえない」映像が大量生産されることになった今、またYouTubeやTikTokなどインターネット動画投稿サイトなどで誰でも簡単に「ありえない」映像にアクセスできる今日、あらためて「ありえない」世界を近代小説において本格的に描こうとした第一人者の一人であるポーを顧みることは、決して的外れでも無意味でもない行為であろう。

広く知られているように、ポー作品が直接大量に映像に「翻訳」されたのは、一九六〇年代のA

ＩＰ（American International Pictures）製作作品においてであった。もちろんそれ以前にもポー作品原作映画は撮られていたが、広く大衆に向けられた方向性、ないしはサブカルチャーとの関連性を考えると、ＡＩＰ作品の位置づけは極めて重要である。それらは「低予算映画の王者」とも言われるロジャー・コーマン（Roger Corman, 1926-）がプロデュースし、あるいは直接自らが監督したものである。今となってはこうした作品群は、直接的な映像とポーとの関連を示す文化遺産として重要であるが、間接的な映像文化への影響という点を考える方が、さらに大きな潮流を辿る作業となるだろう。

ポーの映像文化への直接的影響力の一例を挙げるとすると、『アサイラム　監禁病棟と顔のない患者たち』（*Stonehearst Asylum*, 2014）はポーの「タール博士とフェザー教授の療法」（"The System of Doctor Tarr and Professor Fether," 1845）を下敷きとしたサスペンス映画であり、原作のプロットからはかなり離脱しているものの、その雰囲気をうまく醸し出しているという点では、良作といえるのかもしれない。終盤における登場者の一人の「もう深夜だ！」（"It is nearly midnight!" 1.24）という叫びは、ポーのもう一つの短編である「アモンティラードの酒樽」（"The Cask of Amontillado," 1846）における「もう深夜だった。私の仕事は終わりに近づいていた」（"It was now midnight, and my task was drawing to a close." Mabbott 3: 1262）という台詞の反響として聞き取ることができる。

やや間接的な例を挙げるとすると、ナタリー・ポートマンの体当たり演技が注目された『ブラック・スワン』（*Black Swan*, 2010）は二〇一一年に日本でも公開されて話題を呼んだが、この作品の主題やプロットは明らかにポーの「ウィリアム・ウィルソン」（"William Wilson," 1839）の焼き直しとでもいうべきものであり、ポー文学の強大な影響が拭い去ることが不可能なほどしっかり刻み込まれているように思われる。このような潜在的にポーの影響を受けた作品を挙げていくと、ほとんど際限がない仕事であるようにすら感じられる。

　本章では、むしろ読者に視覚的臨場感を引き起こし、とくに現代の読者には、先に述べたような映像との違和感なきマッチングを想起させる、「死者の蘇り」や「水難」といった主題に関する彼の文学的想像力に着眼してみたい。

一・蘇る死者たちは踊り続ける

　たとえば死者の蘇りという主題について、ポーは数多くの散文作品を執筆している。「息の喪失」（"Loss of Breath," 1832）、「ベレニス」（"Berenice," 1835）、「モレラ」（"Morella," 1835）、「ライジーア」（"Ligeia," 1838）、「アッシャー家の崩壊」（"The Fall of the House of Usher," 1839）、「エレオノーラ」（"Eleonora," 1841）、「早すぎた埋葬」（"The Premature Burial," 1844）といった作品群は、そうした彼の作家としての内在主題を表象している。

　ポーがその作家人生のなかでこだわり抜いた「死者の蘇り」という主題は、やがて二〇世紀に入って、ハワード・フィリップス・ラヴクラフト（Howard Phillips Lovecraft, 1890-1937）の「死体蘇生者ハーバート・ウェスト」（"Herbert West–Reanimator," 1922）や、「アウトサイダー」（"The Outsider," 1926）などに受け継がれていった。さらにスティーヴン・キング（Stephen King, 1947-）の『ペット・セマタリー』（*Pet Sematary*, 1983）などによって文学遺産として引き継がれていくことになるが、実際に、より大きな影響を与えたのは、むしろ文学においてではなく、大衆文化における映像作品においてである。

西インド諸島でのヴードゥー教にまつわる伝承を題材とした一九三二年の『ホワイトゾンビ』（*White Zombie*）以後、ハリウッドでは「ゾンビ」という「死者の蘇り」が続々と製作されるようになる。それがより本格的になるのが、今や伝説とも評せられるようになった一九六八年のジョージ・A・ロメロ監督の『ナイト・オブ・ザ・リビングデッド』（*Night of the Living Dead*）であり、感染やカニバリズムなどの規定における現代ゾンビ映画の基本的な枠組みは、ほとんどすべてこの映画において規定された。

だが「死者の蘇り」という主題に即して考えれば、むしろ興味深いのは、この『ナイト・オブ・ザ・リビングデッド』製作に強い影響を与えたといわれ、一九六四年、一九七一年、二〇〇七年と三度に渡って映画化された、リチャード・マシスン（Richard Matheson, 1926-2013）の一九五四年の小説『アイ・アム・レジェンド』（*I Am Legend*）である。マシスンは、六〇年代ＡＩＰによるポー原作映画全盛時代において、ロジャー・コーマンの下で働いた脚本家であり、後のポー原作映画の独特の世界観は、マシスンのポー観が相当入り込んでいることが容易に推測できる。そうであるならば、『アイ・アム・レジェンド』原作自体にもポー文学が潜んでいることは間違いなく、今日に至るまで大量生産されていく「ゾンビ」や「ヴァンパイア」映画のルーツは、マシスンを経由したポーであるとも考えられ、ポーの「死者の蘇り」という主題は、今なお現代の文化に大きな影響を与えているのではないか、とも主張できるだろう。

こうした流れのなかでポー原作作品の映像化を改めて捉え直してみるならば、たとえばまさにその「死者の蘇り」という主題を掲げる「アッシャー家の崩壊」は、一九六〇年のコーマンによる映像化作品をはじめ、何度か映像化されてきたものの、その都度、ポー原作の遺伝子と、新しい時代の風潮が混交されてきたことに気づかされる。イザベラ・マイコ主演の二〇〇六年版映像化作品（*The House of Usher*）では、主人公は女性に変更されており（原作では主人公は語り手でもあったが、この映画においては一人称の語り手ではない）、この点のみでも十分示唆的である。その彼女は映画の冒頭で親友「マディ」の葬儀に参加し、弔辞でかつてマディが水難から彼女を救ってくれたと語る。この場面は次の項で述べるとおり、短篇としての「アッシャー家の崩壊」のイマジネーションに留まることなく、ポー文学全体の主題の要に「水難」描写が存在していることを的確に捉えているというだけではなく、現代の物語として「アッシャー家の崩壊」を再度蘇らせる際に、今日的「危機」の主題の一環として「水難」がいかに重要なものであるか、という暗示を巧妙に組み込んできているとも考えられる。

二.灯台、大波、ラフカディオ・ハーン

ポーは、その生涯の間幾度か「水難」の場面を描いている。「水難」といえばすぐに思い起こされるのは間違いなく、「メエルシュトレエムに呑まれて」("A Descent into the Maelström," 1841)であろうが、『ナンタケット島出身のアーサー・ゴードン・ピムの物語』(*The Narrative of Arthur Gordon Pym of Nantucket*, 1838)なども、「水難」物語の系譜であるのは間違いない。いずれにおいても、先ほどから述べてきたような、視覚的臨場感を引き起こすための高度な企みがなされているといえよう。

しかしながら今日極めてさらに興味深いのは、ポーが終に書き上げることができなかった未完の「水難」作品である。「灯台」("The Lighthouse" 執筆年不明、一九四二年に出版)がそれにあたるが、現在残っている部分では、やがて来るであろう大災害への予感と、その舞台となる灯台が描かれているだけで、災害そのものが描かれているわけではない。しかしおそらくこの物語の舞台に関するモデルの一つとなっている、ヘンリー・ウィンスタンレイが建てたエディーストーン灯台が、グレート・ブリテン島南部において、史上最悪ともいわれる一七〇三年の大嵐によって壊滅的に消え去った史実

に鑑みると、何らかの高波、もしくは巨大波などによって、この灯台が「アッシャー家」のように崩壊する方向で、ストーリーが進むはずだったことは間違いないのではないか。「襲いかかる巨大な波」というのが、ポーの最後の作品における恐怖の正体であったとするなら、ポーのプロフェッショナル・ライターとしての最初期の作品においても同一のものが登場していた、という奇妙な事実は、彼の作家人生全体に整合性を与えるものとして重要に思える。

つまり『ボルティモア・サタデー・ヴィジター』誌（*Baltimore Saturday Visiter*）に一八三三年に懸賞受賞作品として掲載された「壜のなかの手記」（"MS. Found in a Bottle"）の結末において、巨大な渦に飲み込まれ、この世の果てへと消えていく主人公を乗せた船をかつて描いたことがある以上、ポーの心中に「灯台」とこうした過去の作品が何らかのかたちで結びつけられていたとしても不思議はない。「メエルシュトレエムに呑まれて」を加えたこれら三作品の主題が、「蘇る死者」の主題と同様、ポーの一見多種多様な作品群のなかで貫かれる、一つの大きな柱であることは間違いないであろう。

またこのように「壜のなかの手記」と「灯台」を結びつけて考えてみると、文学史上におけるさらに興味深い事実が浮き彫りになる。「壜のなかの手記」では、先に触れたように結末は「水難」で終わっているのだが、実は物語の冒頭は別の「水難」で始まっている。以下は「壜のなかの手記」前半からの引用である。編者トマス・オライヴ・マボットがテキストGヴァージョンとして分類した、一八五〇年の『全集』テキストを記載した。

ある夕方、船尾の手すりにもたれて、わたしは非常に特異な一つの雲を、北西方向に目撃した。それは色の点でも他とは異なっており、またバタヴィアを出港してから初めて見た珍しいものであった。私は日没まで熱心にそれを観察したが、その時それは一挙に東西に広がり、水平線上に水蒸気の細長い連なりを巡らせ、あたかも水平線近くの長い砂浜のようであった。すぐその後に私は、薄黒い赤色の月の様子や、海の独特の雰囲気に惹きつけられた。海は素早く変化していき、海水は尋常ではなく透き通っていた。はっきり海底を見ることができたものの、水深を測ってみると、船は十五尋の深さの位置にあった。大気は耐えられないほど暑く、焼鏝から立ち上るものにも似た、渦巻くような蒸気に充たされていた。夜となったが、風はまったく死に絶えており、信じられないほど完全な凪であった。船尾楼で燃える蝋燭の炎にはいささかも揺らぎはなく、指の間に長い髪を垂らしてみても、まったく揺らぎを感知できなかった。だが、船長は危険の兆候はないと言い張り、我々は実際に岸側に流されていることもあって、帆を畳み、錨を下ろすように命じた。当直番は置かず、もっぱらマレー人から成る乗組員たちも甲板の上でゆっくり手足を延ばした。私は甲板を下りたが、不吉な予感が確かにあった。実際、どの様相を鑑みても、"Simoon"が来ると思われるのだ。私は船長に私が恐れていることを伝えたが、彼は私の言い分には耳を貸さず、返事もせずに、私を置き去りにした。しかし不安が募って眠ることもできず、真夜中に私は甲板に戻った。梯子の上段に足を乗せた時に、私は大きな唸るような音を聞いて驚いた。水車の素早い回転によって引き起こされたような音であった。その音が何かを理解する前に、私は船がその中心から震えていることに気がついた。次の瞬間、混沌がかたちを成して我々を梁端へ押しやり、船首から船尾に至る方向に吹き飛ばし、甲板全体の至るところを洗い流した。

その爆発のようなすさまじい激烈さは、結果として大いに船を救済したのである。完全に水浸しになり、帆柱はすべて失われたものの、船はすぐに海から重々しく身を起こした。そしてその嵐の強烈な窮境の下で揺らめいていたのだが、ついに均衡を取り戻した。どのような奇跡のおかげで、私がその破壊を逃れたのかは、申し上げられない。海水の衝撃で失神し、気がつけば、船尾の柱と梯子の間に挟まっていたのだった。

(Mabbott 1: 136-137)

右記の引用が示すとおり、主人公はどうやら「火山の噴火」による嵐と「大波」によって被災する。引用文中ではポーはその「大波」を"Simoon"と表記しているが、*Oxford English Dictionary* の定義によれば、これは厳密にはサハラ地方など砂漠地帯の「砂嵐」を指す言葉であり、そこから派生した他の用法を顧みても、かなりポー独自の感性に基づいた語彙の使用であることは間違いない。

現在では大地の地殻変動によって起こる「大波」は英語でもTsunamiと呼ばれ、言うまでもなく日本語が語源であるのだが、英語圏フィクションにおいてTsunamiという語が初めて使用されたのは、ラフカディオ・ハーン（Lafcadio Hearn, 1850-1904）が一八九七年に出版した『仏陀の国の落穂』（*Gleanings in Buddha-Fields: Studies of Hand and Soul in the Far East*）に収められた「生神様」（"A Living God"）においてであるとされている。ハーンは一八九六年六月一五日に起こった明治三陸地震（東北地方沿岸を襲った津波を伴う地震としては、一九三三年の昭和三陸地震、二〇一一年の東日本大震災に先立つ大地震）が起こった際に、一八五四年の安政南海地震の際に現在の和歌山で実際に起こった事件を物語化して、おそらくはTsunamiの恐ろしさとそれに打ち勝とうとする人々の心の強さを英語圏に発信しようとした。

ハーンはこの年の二月にすでに日本に帰化しており、小泉八雲と名乗るようになっていたが、「日本人」となったハーンのアイデンティティが強くこの震災に彼をコミットさせたことは間違いない。彼は地震後に沿岸の村を飲み込んだ巨大な波を、あえて現地語＝日本語を用いてその迫力と生々しさと表現しようとしたのであろうが、先に指摘したとおり、ポーの「壜のなかの手記」は、もちろんTsunamiという語そのものは用いていないものの、ハーンに先立つこと六四年前に「津波」をリアルに描いており、まさに欧米の近代小説としては最も早期にこの現象を取り上げた作品の一つであるのは間違いないように思える。そのように考えると「灯台」が未完に終わったことは、改めてまことに惜しいといわざるをえない。

三．大洪水の記憶

こうして一九世紀末におけるもう一人のプロテスタント・アングロ・アイリッシュ作家であり、また東京帝国大学の講義でテキストとして扱うなどポー文学の愛好者でもあったラフカディオ・ハーンの業績までを視野に入れてみると、ポーの「水難」物語は新たな光を帯び始める。それでは、彼の気球譚などの別のジャンルと同様、なぜ彼がこうしたシチュエーションを好んで描いたのか、またどうして彼が描いた「水難」シーンには独特の迫力が伴うのか、さらにその結果として何故彼の文章からは映像的イマジネーションが生まれやすいのか。そこを更に掘り下げて考えていくために挙げる例として適切であろうものは、ポーの影響を公言して憚らないレイ・ブラッドベリ（Ray Bradbury, 1920-2012）の作品である。『スは宇宙のス』（*S is for Space*, 1966）序文において彼は、「ポーは蝙蝠の翼をもった従兄弟で、屋根裏の裏部屋で一緒に楽しく翔んだものだ」（"Edgar Allan Poe was the batwinged cousin we kept high in the back attic room"）と述べているが、彼の作品群における「水難」物語は注目に値する。たとえば「みずうみ」（"The Lake," 1944）における死者の生き返りという主題は、ポーの影響を論じる上で見逃すわけにはいかない。

ともあれ、ブラッドベリが一九五一年に発表した「霧笛」("The Fog Horn")は、巽孝之が『恐竜のアメリカ』で指摘しているように、モンスター映画の幕開け的存在である一九五三年の『原子怪獣現わる』(*The Beast from 20,000 Fathoms*)の原作であり、ポーの「灯台」とプロットや設定がよく似ている。この映画が日本の『ゴジラ』(*Godzilla*, 1954)やブラッドベリ自身が一九五六年に脚本を担当した映画版『白鯨』(*Moby Dick*)に多大な影響を与えた可能性はしばしば指摘されるとおりであるが、マボットが一九四二年に「灯台」テキストをすでに出版していたことを併せ考えると、そのルーツの源にはやはりポーがいた可能性もありえるのではないか。

またこのような流れにおいて、一九五六年映画版『白鯨』を再度鑑賞してみれば、ハーマン・メルヴィル(Herman Melville. 1819-1891)原作ではありながら、ポーの「メエルシュトレエムに呑まれて」などの影響も見出せないこともない。この映画版『白鯨』の主題や、ミニチュアを使用したSFX(Special Effects)技術は、後のスティーヴン・スピルバーグ(Steven Spielberg, 1946-)監督による『ジョーズ』(*Jaws*, 1975, 原作は一九七四年)などの海洋パニック映画の誕生に大きな影響を与えたといわれ、上映当時興行的にふるわなかったにもかかわらず、現在の評価はむしろ高くなりつつある。

このようにその作品が二〇世紀において原作として映像化されたということを、単純に捉えるだけに留まらず、ポーの文学的、文化的影響など副次的伏流などが、二〇世紀映像文化にどれほどの直接、間接的影響を与えたかも併せて俯瞰すれば、旧約聖書創世記で描かれた「大洪水」のイメージ（旧約聖書『創世記』六章―九章におけるノアの方舟のエピソードで記述されているもの）が、一九世紀前半においてエドガー・アラン・ポーという作家の言説を通じて、見事に洗練され、近代化され、「商品化」されたのではないか、という仮説が立証できるとも考えられる。

Tsunamiという言葉を世界に広めたハーンの「生神様」は、一八九六年の明治三陸地震がなければおそらく執筆されず、その結果、もしかすると「津波」やそれにまつわる気象現象に相当する言葉として、たとえばポーが「壜のなかの手記」で用いた"Simoon"などが意図的に転用され、広く使用される可能性もありえたかもしれない。ポーの「水難」物語連作はそれほど十分に歴史的示唆に溢れており、視覚的に印象に富んでおり、また不吉なまでに予兆的なのである。

四．ここから、その後

Tsunamiの恐ろしさをＶＦＸにより見事に描き、一九五六年の映画版『白鯨』よりはるかに高い技術で「水難」のリアリティをスクリーンに映し出した作品として、クリント・イーストウッド（Clint Eastwood, 1930-）監督作品『ヒア アフター』（*Hereafter*, 2010）が挙げられるが、この作品は日本では二〇一一年二月一九日から公開されていたが、三月一一日に発生した東日本大震災を受けて、一四日限りで上映をとりやめられた。この作品はチャールズ・ディケンズ（Charles Dickens, 1812-1870）の『デイヴィッド・コパフィールド』（*David Copperfield*, 1849-50）の朗読を随所に挟み込み、高い次元で「生と死」という主題に迫ろうとした良作であり、決して物見遊山的な視点で津波の被害を描いた作品ではないにも関わらず、映画の冒頭の津波による被災映像があまりに迫真のリアリティを所持しすぎてしまったがため、かえって震災後の状況下で敬遠されることとなったのである。この事実は、エドガー・アラン・ポーが死後に、生を受け、そこで実際に生きた母国アメリカにおいて、何故「忘れさられていたか」、もしくは「忘れ去られようとしていたか」という古い問題に対する一つの仮説を、暗示する可能性を秘めているのではないか。

ここまで論じてきたとおり、ポーの作品群が「示唆的」で、「印象的」で、「予兆的」であるとすると、その解明に向けた作業には、さらに多くの「外部」の視点が必要となるのは、自明であるようにも思われる。ポー研究においては、早くから心理学の視点が導入されるなど、多くの「外部」の視点が加わってきたことは、間違いない史的事実であり、その道をさらに進むことは、ポー研究の深化に向けた方向性であるのみにとどまらず、今後の文学研究全般へのヒントを見つけられる道程であるとも考えられる。

本著第一章において磯崎康太郎は、「ＳＦ小説が描きだす幻想、虚構は、合理的思考、理性の暗転した姿に起因することを思えば、本論で考察した「アッシャー家」の先駆性が見えてくるだろう」と述べている。「外部」の視点に拠れば、「先駆性」が見えてくるという喝破は、先に述べたような議論を切り開く宣言だとも考えられるだろう。

また第二章で霜田洋祐は、「ポーの小説と、疫病に怯える人々が実際に想像したものとが重なることは、ひたすらポーのテクストだけを相手にするよりも、『婚約者』という疫病の時代を描いたマンゾーニの歴史小説を通して読むほうが明らかに見えやすい」と指摘している。「テキスト」を理解するためには、「テキスト」外部を見なくてはいけないという考え方は、ニュークリティシズム以後の批評家にとって自明のことであるはずであるが、英語圏文学を、英語圏文学の枠を超えて読もうという動きは、まだ始まったばかりとも考えられ、たいへん鋭い指摘であると言わざるをえない。

第三章では有馬麻理亜が「ポーもブルトンも、狂気に魅了され、その瞬間を描きつつも、現実から離れることはなかった」と述べている。かつてポー文学に夢中になったフランス語圏の作家たちが、そのイマジネーションのバトンをどのように受け取り、どのように自らのものとして紡ぎ直していったか、ということを検証し直す作業は、まさに今求められているものであり、それはおそらく日本文学においても同様であるといえるのではないだろうか。

さらに第四章において、高橋俊は「今にも火が消えようとしているかのような本邦の文学研究においては、間口を狭めるのではなく、むしろ「なんでもあり」とすべてを受け入れる度量こそが、求められているのではないかと思う」と確言している。「なんでもあり」という表現には、これまで述べてきた「外部」の視点に立つ、という意が含まれていることは間違いないだろう。そして学際横断的に、個々の研究者たちが協力し合って、旧来の枠組を超える提案を次々に繰り広げていくことが、この消えてしまいそうな「種火」を消さない作業の始点となるはずである。

序章における中山悟視による、ポーとヴォネガットの文学史上の潮流論、第五章における町田奈緒士が繰り広げるトランスジェンダーの視点からの「ウィリアム・ウィルソン」論、第六章での光田尚美の教育思想研究の見地からの「黒猫」の捉え方、また第七章における山本智子のユング心理学／発達心理学から見た「ランダーの別荘」論などは、すべて「外部」からこの作家とその作品群を捉えようとした試みであった。本書の主要な重要概念である「ダイアローグを重ねつつ、新たなナラティヴを構築していくこと」の重要性を、実地で繰り広げた部分でもある。「外部」の視点と「ダイアローグ」こそが、新たな解釈を産み出していくということは、これらの検証作業においても、よく証明できたのではないかと考える。

「ありえない」自然現象、超常現象、人間心理に彩られた文学作品を書き綴ったエドガー・アラン・ポーは、「示唆的」、「印象的」、「予兆的」な言説世界を構築した作家でもあった。さまざまな意味で、厳しい風が吹きすさむ荒野に立ちすくんでいるような、二一世紀前半の世界に生きている私たちは、彼のテキストが表象するものを乗り越えて生きていくために、「ダイアローグを重ねつつ、新たなナラティヴを構築」していかないといけない。災害、事故、疾病などを超えて歩き進む私たちには、依然として「物語る」ものが必要だ。「新たなナラティヴ」を物語っていくために、ひたすら「ダイアローグ」を重ねていく。「ダイアローグ」を紡いでいくために、ただ「新たなナラティヴ」を物語っていく。そうした愚直ともいえる反復行為の重ね合わせの先に、次の扉が待ち受けていると信じるべきではないだろうか。

＊本論は、二〇一一年九月一七日に津田塾大学でおこなわれた、日本ポー学会第三回年次大会シンポジウム『エドガー・アラン・ポーと映像文化』での司会、口頭発表原稿が元となっている。この論考は後に日本ポー学会『ポー研究』（4）（二〇一二年、四三―五一頁）に掲載していただいたが、このたび本書終章に収録するにあたって、加筆、修正を再びおこなった。このシンポジウム企画については、東日本大震災が起こった直後に当学会関係者から、数カ月後に急遽シンポジウムをおこなってほしいという依頼があり、かなりの無理をして企画を練り、発表者にお願いをして回ったという経緯があった。今思えば、まさに震災が生み出した論考であり、その当時の私を支えていたのは「ツナミの記憶」であった。関係者各位に感謝を申し上げたい。

【参考資料一覧】

Harrison, James A., ed. *The Complete Works of Edgar Allan Poe*. 17 vols. AMS, 1979.

Hayes, Kevin J., ed. *The Cambridge Companion to Edgar Allan Poe*. Cambridge UP, 2002.

Hearn, Lafcadio. *Gleanings in Buddha-fields : Studies of Hand and Soul in the Far East*. Houghton Mifflin, 1897.

Hutchisson, James. *M. Poe*. UP of Mississippi, 2005.

Kennedy, J. Gerald, and Liliane Weissberg, eds. *Romancing the Shadow: Poe and Rac*e. Oxford UP, 2001.

Levine, Stuart, and Susan Levine, eds. *The Short Fiction of Edgar Allan Poe*. U of Illinois P, 1990.

Mabbott, Thomas Ollive, ed. *Edgar Allan Poe: Tales and Sketche*s. 2 vols. U of Illinois P, 2000. [Published as Collected Works of Edgar Allan Poe, Vol. 2-3. 1978.]

Oxford English Dictionary. Oxford UP, 2022.

Pollin, Burton R., ed. *Collected Writings of Edgar Allan Poe*. 5 vols. Gordian, 1985-97.

Quinn, A. H. *Edgar Allan Poe: A Critical Biography*. Johns Hopkins UP, 1997.

Thomas, Dwight and David K. Jackson. *The Poe Log: A Documentary Life of Edgar Allan Poe 1809-1849*. G. K. Hall, 1987.

巽孝之「1001年ヴィンランドの旅――ポウ、ブロック、マーロウ」山形和美編『差異と同一化――ポストコロニアル文学論』研究社、一九九七年。

――『恐竜のアメリカ』筑摩書房、一九九七年。

八木敏雄、巽孝之編『エドガー・アラン・ポーの世紀 生誕200周年記念必携』研究社、二〇〇九年。

むすびに代えて――新しい扉をひらく

彼らの抱擁により新しい光が産まれる。その光は、この世にある他のいかなる光とも異なる。この光こそ、錬金術の中心にある神秘であり、「賢者の子」を誕生せしめる「化学の結婚」と呼ばれるものとなる。

（C・G・ユング『ユング錬金術と無意識の心理学』松田誠思訳、二〇〇二年、四一）。

本書はポーの作品を、他領域の文学者や心理学、教育学、ジェンダーの研究者といった異なる視点から読み、解釈し、新たなポー作品の扉を拓くための「結合の神秘」を試みようとしたものである。ユングによると「結合の神秘」とは、錬金術によって異なる物質同士を結合させ、「賢者の子（新しい物語）」を生みだそうとするものである。つまり、異なる分野の研究者であり、異なる解釈の枠組みをもつ著者や対談者が、ポーの作品を読むことで、そこに新しい物語が現れてくるのではないかという問いがこの企画を支えるものとなった。

本書は、錬金術師の言葉を借りれば「賢者の子」を生み出す試みであり、編者の一人である私自身が用いる研究方法の“narrative”という立場から語れば、ポーという物語のなかに沈み込んだ新たな「声」を発見することであり、一般的に語られてきた、あるいは評論されてきたポーの世界をあらわす「ドミナントストーリー」から、広く開かれた領域から読み解くことによって生じるだろう「オルタナティヴストーリー」への転換を生み出そうとする試みであった。

読者のみなさまにも経験があるのではないかと思うが、同じ作者の同じ作品を読んだとしても、その作品を読む時期や、そのときに自分が置かれている状況などによって、その作品から受け取るメッセージが異なることがあるだろう。そして、そのときどきに受け取るメッセージには、ものごとに対する視点や価値観など、自分自身が外界や他者を解釈するフレームがどのようなものであるのかがあらわれているのだが、これはかなり無意識下でおこなわれるため、意識化したり言語化したりするのが難しいものでもある。

近年では臨床心理学や医療の分野でも、「文学作品」を用いた精密読解という方法が注目されている（Charon Rita,et.“The Principle and Practice of Narrative Medicine”, 2017）。私自身も、従来から知的障害者施設において、「昔話」を用いた調査をおこない、障害がある人たちの内面に沈み込んだ課題や自己意識を受けとろうと試みていた。私は「物語（narrative）」を研究方法として用いているが、そもそも「物語（narrative）」は文学研究の対象として長く語られてきたものであり、私がそこから学ぶものは何かというと、ある物語を読んだときの、読者である私たちの反応のなかに、あるいは登場人物の思いを解釈するときに、自分たちがこれまで意識してこなかったものごとが浮かび上がってくることに気づくということである。

物語を読むということは、語り手である作者と、聴き手である読者との関係性のなかで、新たな物語が展開する可能性が秘められているものだと私は思っている。たとえば、本書においても、それぞれの著者や対談者が、それぞれの論を展開するために選んだポーの作品に関してもいえることだが、なぜ、その作品を選んだのかについても関心をもっている。今回は、その部分にまで入り込むことはできなかったが、作品を読むという行為は、作者からの「モノローグ」を受けとるだけのように感じるかもしれないが、本質的には作者と読者との間で起こる「ダイアローグ」を通して、作品のなかに新しい意味を生じさせる行為だといえよう。本書では、それぞれの著者や対談者がポーの作品を読むことによって（being with Poe）、ポーと対話し、新しい意味や物語を発見することを可能にしたのではないかと思っている。そして、本書を読んでくださる読者の方々もまた、本書との対話を通して、みなさま自身の個別具体的な新しい物語を生み出していただけたら幸いである。

私は、かつて文学少女であったということを除けば、文学研究においては門外漢もいいところだが、文学における「物語論」といった側面からみると関心テーマが重なるのかもしれない。私は心理学を専門としており、研究における私の関心は、精神障がいや発達障がいがある人々が語る「物語(narrative)」を聴かせてもらい、その人々が語る物語をもとに、彼らの内的世界を理解し、臨床実践のなかで彼らへの援助をどう組み立てるかといったところにある。

そんな私が、今回、文学研究者の方々とご縁をいただき、本書を出版させていただくきっかけになったのは、編者の一人である辻和彦氏との出会いであった。辻氏が二〇一八年に著した *Rebuilding Maria Clemm* を偶然手にし、「あ、面白いな」と思ったのが始まりである。なぜ、面白いと思ったのかを具体的に言語化するのは難しいが、このときに感じた「面白さ」が本書の企画に繋がっていった。単なるポーの愛読者であった私が、*Rebuilding Maria Clemm* を通して、ポー自身の語られてこなかった人生のひとつの側面を読むことにより、それまで読んできたポーの作品から受け取るイメージが異なって浮かび上がってくるような気がしたのだ。そしてそこに言語化できない「面白さ」を感じたからだろうと思っている。とはいえ、企画をしたものの、出版までに四年の年月を費やすことになったのは、文学者である辻氏と心理学を専門とし単なるポーの愛読者である私の物語をすり合わせるためにそれだけの年数が必要だったからに他ならない。そして、この「結合の神秘」に至るまでの行程は、双方にとって、苦しい「いばらの道」であったことも否めない。生みの苦しみとはこういったものなのかもしれないが、なんとか、異質なものをすり合わせ、こうしてかたちにできたことは、ひとえに、もう一人の編者である中山悟視氏や、本書にご寄稿くださった著者や対談者のみなさまのおかげだと感謝している。

Rebuilding Maria Clemm から始まった旅が、"Rebuilding Edgar Allan Poe" への試みに繋がっていったのは、振り返ると不思議な物語でもある。しかしながら、この長い旅を通して、著者や対談者のみなさまとともに「賢者の子」や「オルタナティヴストーリー」を生み出し、ポーという作者の新しい扉への第一章を拓くことができたのは大きな喜びである。ポーの新たな世界のはじまりに共にいてくださった著者や対談者のみなさまに改めて深謝したい。そして、本書の趣旨を理解し、かたちにしてくださった彩流社の竹内淳夫氏に心よりお礼申し上げる。

編者を代表して
山本智子

◉マ行

◉ヤ行

◉ラ行

◉カ行

◉サ行

◉タ行

◉ハ行

【事項】

◉マ行

◉ハ行

◉カ行

◉サ行

◉タ行

◉ナ行

索　引

おもな「人名（+作品名)」と「事項」を五十音順に示した。
作品名は作者である人名ごとに、作者を立項していない作品名は
「事項」にまとめてある。
＊なお、「ポー、エドガー・アラン」の項目は、
ほぼどのページにも頻出するため、頁数は削除した。

【人名（+作品名)】

◉ア行

◉**高橋　俊**（たかはし　しゅん）

中国現代文学
高知大学人文社会科学部教授。北海道大学院文学研究科修了。博士（文学）。
主な業績：「文学研究における「再現性」」（『高知大国文』第53号、2022年）、「パパ、中国現代文学研究は何の役に立つの？」（中国モダニズム研究会編『夜の華』（中国文庫、2021年）。

◉**町田　奈緒士**（まちだ　なおと）

臨床心理学
名古屋大学ジェンダーダイバーシティセンター特任助教・高等研究院T-GEx フェロー。京都大学大学院人間・環境学研究科修了。博士（人間・環境学）。
主な業績:『トランスジェンダーを生きる――語り合いから描く体験の「質感」』ミネルヴァ書房、2022年)、「トランスジェンダー当事者同士の『語り合い』によって生まれた接面――接面を描く意味とインタビュー調査の特異性」（『接面を生きる人間学――「共に生きる」とはどういうことか』、ミネルヴァ書房、2021年)。

◉**光田　尚美**（みつだ　なおみ）

教育思想研究
近畿大学教職教育部准教授。兵庫教育大学大学院連合学校教育学研究科単位取得満期退学。博士（学校教育学）。
主な業績：『教育の思想と歴史：先人たちとの対話を通して教育を探究する』（学術研究出版、2022年)、『「学校」を生きる人々のナラティヴ――子どもと教師・スクールカウンセラー・保護者の心のずれ』（共著、ミネルヴァ書房、2019年)、『なぜからはじめる教育原理』（共著、建帛社、2015年)。

【執筆者】

◉磯崎　康太郎（いそざき　こうたろう）

ドイツ文学
福井大学国際地域学部准教授。上智大学大学院文学研究科博士後期課程単位取得満期退学。博士（文学）。主な業績：「十九世紀後半におけるコスモポリタニズムとフォンターネ『エフィ・ブリースト』」（『ドイツ語圏のコスモポリタニズム』、共和国、2023 年）、『アーダルベルト・シュティフターにおける学びと教育形態』（松籟社、2021 年）、アライダ・アスマン『記憶のなかの歴史――個人的経験から公的演出へ』（翻訳、松籟社、2011 年）。

◉霜田　洋祐（しもだ　ようすけ）

イタリア近代文学
大阪大学大学院人文学研究科講師。京都大学大学院文学研究科博士後期課程修了。博士（文学）。
主な業績：『歴史小説のレトリック――マンゾーニの〈語り〉』（京都大学学術出版会、2018 年）、「啓蒙主義とロマン派」（『イタリアの文化と日本――日本におけるイタリア学の歴史』、松籟社、2023 年）、「フランドルの画家マンゾーニ――『婚約者』と 17 世紀絵画のリアリズム」（『イタリア学会誌』第 60 号、2019 年）。

◉有馬　麻理亜（ありま　まりあ）

フランス文学・思想
近畿大学経済学部准教授。神戸大学大学院文化学研究科修了。博士（文学）。
主な業績：「それはかれであったから、それはわたしであったから　ブルトンとバタイユの対峙を可能にした場としてのヘーゲル」（『特集『社会批評』のジョルジュ・バタイユ』、『水声通信』34 号、水声社、2011 年）、「共鳴とすれ違い　「コントル＝アタック」前後のブルトン、バタイユそしてライヒ」（『バタイユとその友たち』、水声社、2014 年）。

【編著者】

◉辻　和彦（つじ　かずひこ）

アメリカ文学
近畿大学文芸学部教授。広島大学大学院社会科学研究科修了。博士（学術）。主な業績：「災害と感染症時代の恐怖」（『終わりの風景』、春風社、2022年）、*Rebuilding Maria Clemm: A Life of "Mother" of Edgar Allan Poe* (Manhattanville Press, 2018年)、『その後のハックルベリー・フィン――マーク・トウェインと十九世紀アメリカ社会』（渓水社、2001年）。

◉山本　智子（やまもと　ともこ）

発達心理学
近畿大学教職教育部教授。奈良女子大学大学院博士後期課程修了。博士（社会科学）。臨床発達心理士。公認心理師。
主な業績：『家族を超えて生きる――西成の精神障害者コミュニティ支援の現場から』（創元社、2022年）、『学校を生きる人々のナラティヴ――子どもと教師・スクールカウンセラー・保護者の心のずれ――』（編著者、ミネルヴァ書房、2019年）、『発達障害がある人のナラティヴを聴く――「あなた」の物語から学ぶ私たちのあり方――』（ミネルヴァ書房、2016年）。

◉中山　悟視（なかやま　さとみ）

アメリカ現代文学
尚絅学院大学総合人間科学系人文部門准教授。東北学院大学大学院文学研究科博士後期課程満期退学。
主な業績：「カート・ヴォネガット『タイムクエイク』における既視感の（非）日常」（『非日常のアメリカ文学――ポスト・コロナの地平を探る』明石書店、2022年）、「世紀転換期アメリカにおける支配の欲望――オズ、サンタクロース、ユートピア」（『メディアと帝国――19世紀末アメリカ文化学』小鳥遊書房、2021年）、『ヒッピー世代の先覚者たち――対抗文化とアメリカの伝統』（編著、小鳥遊書房、2019年）。

Sairyusha

ナラティヴとダイアローグの時代に読むポー

二〇二三年九月三十日　初版第一刷

編著者――辻 和彦、山本智子、中山悟視
発行者――河野和憲
発行所――株式会社 彩流社
〒101-0051
東京都千代田区神田神保町三丁目10番地
大行ビル6階
電話：03-3234-5931
ファックス：03-3234-5932
E-mail：sairyusha@sairyusha.co.jp
印刷――(株)明和印刷
製本――(株)村上製本所
装丁――宮原雄太(ミヤハラデザイン)

ISBN978-4-7791-2931-5 C0098
http://www.sairyusha.co.jp